NINGUÉM NO ESPELHO

Ailton Santos

NINGUÉM NO ESPELHO

NOVALEXANDRIA

São Paulo – 2023
1ª Edição

© *Copyright* Ailton Santos
© *Copyright* Editora Nova Alexandria Ltda, 2023.
Todos os direitos reservados.
Nenhuma parte deste livro pode ser reproduzida sem a expressa autorização da editora.
Em conformidade com a nova ortografia.

Editora Nova Alexandria Ltda.
Rua Engenheiro Sampaio Coelho, nº 111/113
CEP 04261-080 – São Paulo/SP
Telefone: 55 (11) 2215-6252

https://editoranovaalexandria.com.br

Coordenação editorial e revisão: Rosa Maria Zuccherato
Capa e Diagramação: Antonio Kehl

Dados Internacionais de Catalogação na Publicação (CIP)
Tuxped Serviços Editoriais (São Paulo, SP)
Ficha catalográfica elaborada pelo bibliotecário Pedro Anizio Gomes - CRB-8 8846

S237n Santos, Ailton.
Ninguém no espelho / Ailton Santos. – 1. ed. – São Paulo, SP : Editora Nova Alexandria, 2023.
216 p.; il.; 14 x 21 cm.
ISBN 978-85-7492-495-3.

1. Conflitos. 2. Fuga. 3. Romance. 4. Sertão. I. Título. II. Assunto. III. Autor.

CDD 869.93
CDU 82-31(81)

ÍNDICE PARA CATÁLOGO SISTEMÁTICO
1. Literatura brasileira: Romance.
2. Literatura: Romance (Brasil)

para amigos que se foram:

Dionisio Azevedo
Elias José
Jorge Medauar
Nelson dos Reis
Sebastião Resende

Sumário

O cheiro do pão – *Maria José Silveira* 9
1. Histórias para enganar a fome 13
2. A volta das Cruzadas? 27
3. Para cortar o pão 35
4. No escuro 41
5. Filho do pão 45
6. Sem chorar? 59
7. Aqueles olhos que não se abrem 73
8. Longe, bem longe 83
9. Zé não! 91
10. "Brancão di zóio di vidro" 97
11. O sonho e as mãos 105
12. Clandestinidade ou morte 115
13. No mar de lâmpadas 125
14. O labirinto de espelhos 133
15. Segura com força 143
16. A melhor história 147

17. Querido canalha.. 161
18. Sangue nos lençóis.. 167
19. Por segurança 171
20. Maldito Griffin 177
21. Prendam Kafka.. 185
22. Enfim, Beatriz 195
23. Fugindo da Estrela 205
24. Por que, Zé?.. 209

O cheiro do pão

Você tem em suas mãos um romance que nos leva a conhecer mais de perto os grotões que nosso cotidiano de bem-pensantes esconde. Grotões geográficos e grotões de mentes que aos poucos vão perdendo a razão. Denso, muito bem escrito, ele nos leva em rodopio sobre o que, a princípio, é uma coisa e logo depois é outra.

O começo acontece em qualquer canto distante do país onde reina a fome, o desespero e a loucura que a fome traz. Onde a vida fica reduzida a seu mínimo possível. E onde, no meio da imensa miséria, acontece algo que podemos chamar de fuga da realidade pela imaginação, pois vem de "uma caçarola de histórias" o alimento que as mães servem aos filhos à noite para enfraquecer o choro da fome. Pela mais necessária ficção, elas inventam as histórias contadas noite após noite para que as crianças possam se refugiar no país dos sonhos, até que chegue o cheiro de algum pão e a possibilidade de seus farelos. O que é vão. Pois com ele, o pão, chega ainda mais miséria, outro cheiro, e a realidade do sexo como mercadoria logo transformada em paixão. E ela, a paixão, traz a crença do imenso pecado e o temor ao castigo, maldição eterna em uma comunidade de mulheres cujos homens saem para colheitas distantes em busca do dinheiro para adiar a morte pela fome.

A pequena vila e seus casebres, durante muitos meses, só recebem as visitas do frei e do mascate, enquanto o desenrolar da vida permanentemente à beira da loucura ou da morte põe vento nas barrigas de quem ali ficou.

Fome, desejo, culpa, cheiro inalcançável do pão – essa, a vida da mãe.

Só a linguagem desse canto longínquo aliada ao recurso literário do suspense poderia nos levar a cenas que emocionam por sua profunda empatia humana.

E eis que chega o filho.

Junto, ele traz com sua figura o desejo pungente de expulsá-lo dali a qualquer custo, a invenção de um novo nome e uma nova história que virá com sua chegada à cena urbana que nos engolirá em seu novo ritmo, sua nova jornada. A jornada do esforço coletivo para que um de seus filhos encontre seu espaço em um sonhado lugar no mundo, na esperança que haverá de redimir as dores e o desespero dos que ficam.

Sonho bom enquanto dura, esse do filho, mas que sonho permanece quando a realidade se instaura sem piedade?

De cidade em cidade, de ilusão em ilusão, de invenção em invenção, agora servidas, não apenas como mentiras em cartas para a comunidade, mas como alimento para uma personalidade em desagregação. Mesmo porque a repressão da ditadura militar em perseguição aos estudantes pode ou não ter posto os olhos sobre ele, e a solidão torna-se sua confusa e indesejada companhia.

O peso que assim carrega nosso pretenso herói o faz entrar em caminhos não previstos, não almejados, não possíveis de evitar.

E sua jornada nos atira no chão.

Porque esse é um romance duro, denso como é dura e densa a realidade que nos agarra como fôssemos pão a ser mastigado. Mas é, sobretudo, um romance que se impõe pela linguagem, pelo ritmo, pelas surpresas das jornadas.

É poder da literatura nos mostrar esses lugares que escapolem de nossos olhares. E é isso que, aqui, Ailton Santos faz. Muito bem.

Maria José Silveira

1. Histórias para enganar a fome

Era uma vez...

... perdido certa noite em suas andanças pelos confins do norte de Minas, o mascate Mamude avistou, entre árvores esqueléticas, as fracas luzes do vilarejo da Curva do Cipó, nos grotões de um certo Rio das Pedras já extinto. Ele reconheceu à distância os seis casebres de pau a pique, cobertos de sapé, com paredes feitas de varas presas por caprichosas voltas de cipó. As taperas abrigavam dúzia e meia de moradores, reduzidos quase sempre à metade porque os homens eram obrigados a trabalhar em colheitas distantes, já que as plantações nunca vingavam para sustentar a família de João e Mariana, com seus dois filhos e duas filhas, todos casados e com crianças para proteger da fome.

Qualquer viajante que se aventurasse por aquelas paragens do município de Mirante da Serra não encontraria muitos sinais de vida além de raros pios de pássaros e uma grande pedra no centro dos seis casebres, polida pelo uso como banco pela família sem horizonte. Por isso, antes de Mamude nenhum caixeiro-viajante passara mais de uma vez pelo vilarejo desde que João e Mariana, ainda noivos, ergueram com mutirões o primeiro casebre. Com sua tropa de três burros, ele foi o único a levar àqueles ermos seus saborosos pães redondos, peças de tecido de seda e de chita, espelhos e pentes, lamparinas, pomadas para todas as dores e canivetes com cabos de osso. Às vezes ele acrescentava algumas latas de sardinha e goiabada e feixes de fiapos de bacalhau amarrados com barbante. E não deixava faltar meia dúzia de terços de contas de vidro com Cristo preso a cruzes de ferro.

Ao perceber a pobreza das famílias de João e seus vizinhos, Mamude deixou de exibir tecidos e outros produtos de certo valor. E ficou surpreso ao ver que todos usavam roupas feitas de tiras de peças gastas ou rasgadas. Tanto homens quanto mulheres vestiam retalhos remendados com capricho e paciência por Mariana. E o traje das crianças era do mesmo tecido de algodão reaproveitado de sacos de açúcar ou de farinha de trigo, lavados e alvejados antes de se transformar em calças curtas, camisas apertadas ou saiotes sem graça. "A brancura da pobreza", pensou Mamude, lembrando-se com tristeza dos filhos pequenos deixados no Líbano, que sonhava trazer para o Brasil assim que tivesse o dinheiro da viagem de ida e volta.

Nas primeiras visitas, quando Mamude ainda tinha esperança de vender ali alguma mercadoria, as cores dos panos faziam brilhar os olhos das mulheres. O esperto mascate atiçava até mesmo o desejo das mais velhas ao exibir rolos de tecido como se manipulasse cartas de baralhos encantados. Ao enrolar e desenrolar sedas e chitas diante das mulheres boquiabertas, as flores pareciam reais e não meras estampas nos panos ordinários. E, para as mais sugestionáveis, aquelas flores chegavam até a exalar perfumes. Porém, ele logo percebeu que ali ninguém poderia comprar nada. Nem espelho nem sardinha. Ou cataplasmas de duvidosas origens. Muito menos peças de louça e alumínio. E concluiu que insistir seria perda de tempo, sobretudo quando os homens estavam em colheitas distantes tentando ganhar o que mal dava para matar a fome da família e pagar dívidas sempre atrasadas na vendinha da minúscula Mirante da Serra, cidade fantasma a uma hora da Curva do Cipó por trilhos tortuosos, em cujas ruas vagavam mulheres e crianças, à espera do que lhes trouxessem os homens, na volta de seu exílio intermitente.

– Credu in cruiz, cumádi Mariana! – persignava-se Benedita, uma das noras de Mariana, perturbada com a destreza de Mamude com peças de chita e cortes de seda.

– U homi tem us dedu du demu pra virá a chita. Ai, perdoa, cumádi, u nomi feio.

– É tentação danada, cumádi Dita – concordava Mariana, sem se deixar seduzir. – Mais num dá im nada. Panu novu, só si tirá cumida da boca. U turco pódi fazê di tudo, qui vô remendanu nossus trapu até quandu Deus quisé. I fazenu saco di farinha virá camisa i saióti.

– É, cumádi, di graça eli num dá panu nem loça – lamentava Benedita.

Sogra e nora logo se calavam, esquecendo-se do brilho da seda e do perfume imaginário das flores. O mascate diminuiu então suas visitas, limitando-se a rápidas passagens para beber água, quando trocava curtas prosas com Mariana e o marido, nas raras ocasiões que João estava no vilarejo, entre viagens e colheitas.

Mamude nunca fora forçado a pernoitar ali durante suas andanças, pois era a primeira vez que a escuridão o surpreendia na volta para Mirante da Serra. Ele viu-se obrigado a pedir pouso no paiol, o menor dos seis casebres, onde dormia um velho forno de barro desativado havia anos, por falta de quitandas para assar. Ele retirou as cargas dos lombos dos burros e deitou-se numa taboa forrada por um cobertor, usando o arreio como travesseiro. Mas não conseguiu dormir, perturbado por uma curiosa ladainha de duas filhas de Mariana – a caçula Rosa e Dolores –, a contar histórias para as crianças reunidas no casebre central. Levantou-se intrigado e encontrou a dona da casa sentada na grande pedra no meio do terreiro.

Ao saber do que se tratava, Mamude comparou a ladainha às "Mil e uma noites", por considerá-la uma réplica agreste da saga de Sherazade, em desespero para escapar da morte: mulheres magérrimas, embrutecidas pela seca e pela miséria, distraindo com histórias a fome dos filhos. No entanto, daquelas lendas orientais nenhum morador da Curva do Cipó jamais tomaria conhecimento, a não ser Mariana, na fala enrolada do mascate.

– E esse falatório, na hora de dormir, dona Mariana? – indagou Mamude, com dificuldade, num forte sotaque estrangeiro, sentando-se ao lado de Mariana. – Ser reza, dona Mariana?

– É história, sô Mamuti.

– História?

– É, seu Mamude. História pra módi as criança drumi.

– Ah! Lá nas Arábia princesa também contava história toda noite pro rei, o califa. No castelo...

– Aqui num tem rei, sô Mamuti. É percisão mému.

– Nas arábia, pra não morrer, moça inventar uma história por noite. É lenda, dona Mariana...

– Aqui num tem rei, sô Mamuti. I num é lenda, não sinhô. É pra módi matá a fomi da criançada. Até a mininada drumí...

– Matar fome com ladainha, dona Mariana? Não comer nada?

– Um quasi di nada, sô Mamuti. Pôco mais qui uma caneca dágua. I só. Aí vem uma históra, duas, trêis... noiti afora. Té num guentá mais. I vai durminu um fiote atrais du ôtro.

– Mas, dona Mariana – quis fazer outra pergunta Mamude, mas foi interrompido por Mariana, que se levantou bruscamente.

– É morti, sô Mamuti. Num é princesa nem castelu... É um monti di fióte na tapera, roncano di fomi... I num tem históra qui chegui pra matá a fomi dus miúdo. Pressas criança durmí cum barriga oca, roncanu... só a podê di história, sô Mamuti. Ô é chorardera qui ninguém guenta. U sinhô já tevi criança choranu di fômi, sô Mamuti? Já sim? Ô já não? Sangui seu, amuado na cama gemeno cum fiapo de vóiz? Já teve, sô Mamuti? As tripa cheia di ventu...

Assustado, Mamude nada respondeu.

– Chôro di passarinim, di fióti gonizanu – prosseguiu Mariana – I da terra num sai nada, só pó i pedra. Nunca tem coeta, sô turco du mundo. É um Deus nus acuda pra criança num chorá. Chorá di fômi, fio di Deus. Di fômi, inté morrê si num acudí.

— Procurar outra terra, dona Mariana.

— Só nu céu, sô Mamuti. Ôtra terra só notro mundo. Um mundu qui u pádi fala, mais ninguém num viu.

— Mas Brasil ser grande, dona Mariana. Mais grande que muitos Líbano...

— Grandi prus ôtro, sô Mamuti. As muié daqui sabi qui é grandi só pelas lunjura qui os homi vai atrais di coeta no alheio. Us homi vagueia ano intero mundo afora atrais di cumida. Cumida poca pra muita boca. U jeitu é inchê u buxo vazio cum água, uma cué di farinha i muta história, sô Mamuti. Muta história, té os fioti num guentá di sono. I fechá u zóio di fomi.

Mariana esforçava-se para não chorar, fingindo ajeitar o cabelo branco com as mãos secas, dedos nodosos. Mamude desviou o olhar daquele rosto miúdo marcado de rugas e vincos para observar a lua cheia, envolta num halo que indicava falta de chuva, mais dias de seca.

— Num sobra um grão nem raspa na tigela — prosseguiu Mariana. — A cumida nunca é a conta da fomi... Aí, sô turco du mundo, tem qui tirá história da cabeça té us corpim vazio drumí.

— E se cabeça falhar e história não vem? — intrigou-se Mamude.

— Ah! Sô Mamuti! Tem qui vim. Si num tem cumida, tem qui tê história pra inganá bucho vazio. As mãe faiz u qui pódi i u qui num pódi. É feito bichu fera cum as cria. Si uma num fala, ôtra fala. Dolô cala, Rosa fala. Rosa ingasga, Dolô conta. Purisso fica tudo feito ninhada di bichu du matu nus catre du quarto grandi na minha tapera. É todas mãe di todos fióti na hora di inganá a fomi. É uma caçarola di história só pra fomi dos fióti tudo, di todas mãe.

Mamude permaneceu imóvel olhando Mariana de pé no meio do terreiro, sem conseguir dizer-lhe qualquer palavra de conforto. Ela voltou então até a pedra e sentou-se ao lado dele. Em silêncio, os dois ficaram olhando a lua cheia aparecer e sumir entre nuvens. Lá dentro Rosa acelerava uma história antiga, elevando a voz para abafar o choro de uma sobrinha.

— Tô cum fomi, tia — suplicava a criança, com voz trêmula.

Mamude esforçava-se para compreender a história, porém mal escutava o que Rosa dizia, quase aos gritos, misturando frases pela metade:

— Aí a fada tocô a vara (pausa)... a vara di luiz. Fincô a vara na iscuridão... (pausa). A iscuridão, a iscuridão virô luiz, luiz nu céu, luiz na terra, luiz nu matu, luiz nu rio. A mininada gritô. É u céu! Aqui é u céu! Aí, a fada, a fada... (pausa) a fada chegô pertu das criança, levantô a vara di luiz. I as criança drumiro filiz. Drumiram i sonharu. Sonharu cum paraís. Paraís sem fomi i cum muta luiz... muta luiz... muta luiz... panela i paió cheiu di cumida, muta cumida... (pausa) carni, arroiz, fejão. I doci, muto doci... (pausa) amarelu, vermeio, verdi i azur. Paió cheio, panela cheia, pratu cheio... as criança... (pausa) o buchin cheio... druminu i sonhanu... druminu i sonhanu...

— Paiol vazio, prato vazio, não, dona Mariana? — arriscou Mamude, tentando consolar Mariana.

— A terra secô as teta, sô Mamude – respondeu Mariana. – Torrô a sementi qui nóis ponhô nela, feito pipoca na panela. Até muda di mandioca verdim, verdim virô gravetu, sequin feito biju. Genti grandi guenta us coici da sorti, mais cria nova padeci. Piriazim num tem coro duro di genti grandi.

— Eu não ter sobra, pra ajudar muito pão, dona. Se Mamude dá mais de um pão, fome mudar de boca. Mudar da boca criança para boca de Mamude.

— Deus sabi qui u sinhô faiz u qui podi. Seu pão é mais qui pão. É sonho da criançada. É só iscutá seus burro bateno lata qui elis já grita di aligria. Aligria di dois dia, mais é aligria. É aviso qui um pedaço de pão vai tê pra cada boca ao menu uma noite. Ô duas noiti, si cortá in pedacim.

Rosa concluiu sua história e cedeu lugar a Dolores. Em seguida, saiu pela porta da frente da tapera de Mariana e tomou a bênção da mãe, observada por Mamude, atraído por aquele corpo jovem, blusa e saia de tecido ralo a sugerir seios firmes e formas roliças. A mãe não percebeu Mamude seguir a filha com o olhar até que ela entrasse no seu casebre, a mais distante das seis taperas da Curva do Cipó.

— Hora di drumí, sô Mamuti – disse Mariana, levantando-se. – A derradera criança fechô u zóio. Durmiu.

— Como senhora saber?

— A Dolô parô di falá. É sinar qui num tem mais criança di zóio abertu.

— Mas não acordar com fome no meio da noite?

— Essa parti num é cum nóis, sô Mamuti. É lá cum Deus i as arma.

— De Deus? Mas dona Mariana, como sono matar fome noite inteira? Fome não voltar, não tirar sono crianças de madrugada?

— É Deus, sô Mamude — respondeu Mariana sorrindo. — Té hoji eli deu conta. Dispois qui as mãe faiz a parti qui toca prelas, u anju da guarda toma conta du sono das criança. Boa noite, sô Mamudi.

— Boa noite, dona Mariana — respondeu Mamude, observando o casebre de Mariana, que tremeu com a leve batida da porta. Atraído pela lua cheia, ele permaneceu por alguns minutos sentado na pedra, pensando nas histórias das mulheres e na fome das crianças até ouvir o pio de um caburé, pássaro noturno semelhante à coruja. Assustado, levantou-se, entrou no paiol e acendeu a lamparina. Por instantes, lembrou-se da figura de Rosa sob a luz da lua cheia e sorriu. Esticou o corpo sobre o grosso cobertor que estendera numa taboa e apoiou a cabeça no arreio.

Um choro agudo logo ecoou no silêncio da Curva do Cipó. As mães que haviam deixado os filhos com Mariana e Dolores no casebre central tentaram adivinhar de quem seria aquele estranho lamento, de onde viria aquele trêmulo fio de voz. E imaginaram ser de uma das crianças amontoadas no catre da avó e voltaram a dormir. Mas, de pé na porta do quarto, Mariana e Dolores ficaram paralisadas ao perceber que não era do catre que vinha aquela vozinha de agonia, pois todas as crianças dormiam profundamente.

— Num é daqui, mãe — murmurou Dolores, segurando a lamparina. — Num será qui...

— As criança tá tudo aí, fia — afirmou Mariana. — Isso é choro di criança nova, di cria di colo. Mais dondi veiu?

Mariana e Dolores entreolharam-se e fizeram o sinal da cruz para disfarçar o medo. Dolores deixou a mãe vigiando as crianças no catre e saiu desorientada pelo terreiro. E de tapera em tapera procurou aquela criança que não parava de chorar. Os ecos multiplicavam-se em círculos, ora na direção de Mirante da Serra, ora no teto do casebre central ou mesmo no paiol. Apavorada, ela correu de volta para a mãe.

— Nada, mãe — disse, desapontada.

Mãe e filha pegaram então seus terços e rezaram pedindo o fim daquele choro ao mesmo tempo que vigiavam o ressonar tranquilo das crianças. E assim adormeceram, atravessadas nos pés da cama de Mariana.

De manhã, uma surpresa afastou a lembrança do estranho choro da véspera: dois pães enormes, redondos e cheirosos, na mesinha de tábuas rústicas da sala. E nenhum sinal do mascate e sua tropa.

— U turco dobrô a bondadi dessa veiz — comentou Mariana, satisfeita com o mimo que iria distrair a fome e alegrar a criançada por algumas noites.

— Di certu é pra pagá u pôso, mãe — respondeu Dolores.

— Vamu partí i repartí bem issu i dá pras criança só antis di deitá — sugeriu Mariana.

— Pur que, mãe? — perguntou Dolores. — É prumessa?

— Num é não, Dolô. É pra módi discansá um pôco a goela das contadera di história. Cum essa quirera, us fióti dromi sem fómi.

– Qui qui vale duas ô trêis noite? – questionou Dolores. – Dispois é a mema coisa, a mema fómi...
– Vali a pacência da véia aqui – completou Mariana, com alegria de meio sorriso. – Podê discansá a cabeça dessa cantilena argumas noiti. Quanta veiz disfiei u memu casu nessa vida! Antis du cêis minha guela i meus uvido guentava suzinha. Entrava noiti saía noiti era mema história di dexá inté cachorro loco. Mais tá tudim na mão di Deus.

Dolores não achou a mesma graça de Mariana:
– Logo vem mais fomi, mais choro i mema ladainha. Apôis num dianta esperá dinhêro dus homi tão cedu.

As mulheres não se cansavam de comentar aquela bondade; e as crianças, felizes com a minúscula ração de cada noite, faziam festa por não ter que escutar as histórias de sempre porque os saborosos pães continuaram amanhecendo na mesinha sem que ninguém visse Mamude. No início, Mariana recebeu o presente como resposta à conversa e às histórias da noite que ele dormira no paiol. Mas, com a repetição, ela começou a desconfiar e decidiu interrogar filhas e noras. Cobrou também dos netos informações sobre Mamude, que considerava ser a única pessoa capaz de chegar àquelas paragens. Mas ninguém deu notícia de nada – nem da origem dos pães nem do paradeiro do mascate.

– Todos fio di Deus ficô cego i mudo? – pressionava Mariana, reunida com filhas, noras e netos, atenta à reação de cada um. – Ninguém vê nada? Us cristão imudou di veiz i virô pedra? Essi bindito pão vem avuanu feitu passarim? Us pão tem asa? É milagri? Hein? Ninguém tem fala pra falá?

Jesuis tá fazenu otro milagri du pão? Pur que a Curva du Cipó mereci essi milagri? O padi Cristiano vai discubrí u milagri. Loguim eli vem aí. I u qui tá iscondidu vai aparecê. U qui tá iscuro vai crariá.

Olhos nos olhos de filhas e noras, Mariana fazia longas pausas à espera de um gesto, uma palavra reveladora. E, zangada, repetia ameaças, invocando frei Cristiano e seus castigos:

— Ô u turco virô santu? Santu qui vem i vai i ninguém vê... Ô anju di asa di urubu? Quem mais pudia botá tanto pão nessi fim di mundo? I pur quê? Pur que tanta caridadi du turco das arábia? Ninguém sábi? Ninguém vai falá? U padi Cristiano disamarra essi nó. É só isperá. Ele tá prá chegá. Eli sabe sortá língua i abri zóio di quem viu i num sabi qui viu. Num vai adiantá fingí di cegu i mudo. Eli vê tudim nu miolu da cabeça. Só isperá.

Ninguém se abalava com as ameaças, ou melhor, todos se abalavam, mas nada tinham a dizer ou a revelar. Sentadas na taipa do fogão do casebre de Mariana, as mulheres permaneciam caladas até a última pergunta. O interrogatório se repetiria muitas vezes sem que surgisse qualquer pista da origem dos pães misteriosos.

A inexplicável doação de pães não intrigou apenas Mariana, mas despertou também a desconfiança de Dolores. Certa noite, depois que as crianças dormiram, ela provocou a mãe:

— Mãi.
— Qui, fia?
— Essa coisa...
— Qui coisa?

– A sinhora sabi... u pão.

– Qui qui tem u pão?

– Num sei, não.

– Num sabi u quê, Dolô?

– Pareci coisa du...

– Ah! Não! – exclamou Mariana, antes que a filha dissesse as palavras diabo ou satanás, que nunca falavam na Curva do Cipó, trocando-as pela curiosa expressão tal-e-coisa, emitida de uma só vez – talecoisa –, por acreditarem que ao pronunciar qualquer daqueles nomes estariam invocando, chamando à sua presença, a indesejada entidade. – Num é u talecoisa, Dolô. Num é. Bondadi dessa só pudia sê da parti di Deus. Da parti du bem i não du mar. Num querdito qui u talecoisa vai amoitá dentru di pão qui mata fomi di criança.

A conversa acabou sem que Dolores tivesse respostas para suas perguntas. E pães e mais pães continuaram amanhecendo – dia sim, dia não – caídos do céu, como brincava uma netinha de três anos. "Vó, caiu pãozinho do céu." Em coro, as crianças festejavam o milagre, alheias às inquietações da avó:

– Viva! Hoje tem pão! Hoje tem pão! Num tem história di bichu na iscuridão! Viva! Hoje tem pão! Hoje tem pão!

Mariana continou a investigar, escondendo-se em locais estratégicos. Mas de nada adiantou espiar em segredo pelas frestas das portas e janelas, na tentativa de surpreender filhas, noras ou netos em atitudes suspeitas. Aflita, apelou para orações, com medo de que aquelas oferendas acabassem causando algum mal a toda a família. As mãos grossas apertavam as contas do velho rosário como se fossem retirar delas alguma resposta. E como seus pedidos não eram atendidos, passou a duvidar da própria fé.

Mariana ficou ainda mais transtornada com as mudanças de lugar das prendas, longe da mesinha em que foram deixadas pela primeira vez. O saboroso mimo apareceu em outras casas e pontos inesperados, como a taipa do fogão de Dolores, a pedra do terreiro e a porta do paiol. Por último, amanheceu na boca do forno abandonado. Ao encontrar ali dois pães, Mariana sentiu um misto de gratidão e revolta, pois o frescor daquele cheiro a fez lembrar-se dos bons tempos em que assava quitandas nas festas juninas. Dias de fartura e alegria.

Para tristeza das crianças, misteriosamente como apareceram, nunca mais foram vistos pães na Curva do Cipó. As mulheres voltaram então a criar e repetir suas histórias de enganar a fome enquanto Mariana remoía as mesmas perguntas: por que parou de aparecer pão e por que Mamude nunca mais voltou?

2. A volta das Cruzadas?

Numa tarde de dezembro, frei Cristiano chegou à Curva do Cipó na sua velha charrete, seguido por uma nuvem de poeira, para celebrar a missa de fim de ano e oferecer aos fiéis rápidas confissões que a surdez quase o impedia de ouvir, antes de distribuir penitências e perdões. Como sempre, apenas mulheres e crianças participariam das cerimônias porque os homens estavam em alguma colheita distante. E das crianças, somente as mais peraltas teriam que "enfrentar a cara de Deus" no confessionário.

O minúsculo paiol que abrigara Mamude na sua última noite na Curva do Cipó foi usado como capela por algumas horas. Nesse cubículo, padre Cristiano oficiou brevíssima missa em seu altar improvisado – três taboas largas presas por dobradiças, num retângulo irregular sobre tripé de madeira –, transportado na charrete que ele mesmo conduzia, nas suas buscas por "ovelhas fora do alcance de outros mensageiros da fé".

Como de hábito, assim que a missa acabou todos se retiraram para o terreiro e em silêncio foram retornando, um a um, para a confissão na tapera-capela cujas paredes estavam recobertas por uma fina camada de barro ainda fresco, aplicada pelas moradoras na véspera. Fora do confessionário, esperavam em absoluto silêncio as mulheres da Curva do Cipó e vizinhanças, no seu único encontro do ano.

Pela primeira vez, Mariana foi surpreendida durante a "visita de Deus", como todos se referiam à rápida passagem de padre Cristiano para permitir aos fiéis encontrar o Natal com a alma livre dos pecados do ano. A paz de espírito da matriarca da Curva do Cipó, que sempre aguardava o dia da bênção como a data mais importante do ano, ritual repetido havia mais de uma década pelo mesmo padre, foi abalada por uma confissão que ele considerou indispensável revelar a Mariana "para salvar as almas da contaminação de um pecado capital". Ao desaparecer com sua charrete na primeira curva do trilho para Mirante da Serra, ele deixou para Mariana uma revelação arrasadora.

– Uma das fiéis sucumbiu à tentação, minha filha – falou padre Cristiano, no confessionário improvisado. – A pecadora não observou um dos sete mandamentos: não cometerás adultério. Ela confessou que traiu o marido e terá que espiar seu pecado. Mas a senhora, dona Mariana, como a fiel mais idosa do lugar, tem que saber qual a filha, qual a mulher que cometeu adultério.

– P'lo amô di Deus, padi Cristiano! – assustou-se Mariana. – Uma fia da Curva do Cipó, meu sinhô. Só podi sê fia ô nora, santu Deus!

– Uma filha... – começou o padre, logo interrompido por uma tosse seca, aumentando a ansiedade de Mariana. – E este adultério estará marcado por toda a vida no fruto deste pecado. Preste atenção e guarde segredo, minha filha, pois se isso for propagado, satanás triunfará pela segunda vez e destruirá sua família inteira. – Fechou os olhos, murmurou algumas palavras em latim e prosseguiu. – Então, minha filha? Está preparada para saber a verdade e ouvir o nome da pecadora?

– Sim, pádi Cristiano. Pódi falá.

– Preparada para proteger e guiar a pecadora em sua longa caminhada de redenção, de expiação de suas faltas, em busca do perdão para seu pecado?

– Sim, sinhô – respondeu Mariana, mal ouvindo e pouco entendendo as palavras do padre. – Tô, pádi, tô.

– Pois, em nome do Senhor, prepare-se para acompanhar sua filha nessa longa caminhada. Uma caminhada de penitências na volta ao rebanho do senhor.

Mariana se esforçava para conter o choro.

– Não convém ceder às lágrimas, minha filha. Isso denunciaria a todos a queda de sua filha. Seja forte na fé. O pai, na sua infinita misericórdia, perdoa os pecadores. Mas o perdão do pai exige penitências, minha filha. Penitência da pecadora. E arrependimento, muito arrependimento. Só assim ela retornará ao rebanho do senhor. E estará coberta pela proteção anunciada no Êxodo: "E faço misericórdia a milhares dos que me amam e aos que guardam os meus mandamentos."

– Mais quar fia pecô, plo amô di Deus, padi Cristiano? – implorou Mariana.

– É um pecado gravíssimo, cometido por sua caçula, minha filha – prosseguiu padre Cristiano, em voz baixa e pausada, quase inaudível.

– Ai, meu Deus. Minha Rosinha.

— Nesse caso, de um grave pecado capital, o pecador tem que se purificar para evitar que outros ataques de satanás se repitam. Mas em sigilo absoluto, para prevenir tragédias, com a descoberta da desonra pelo marido e outros fiéis.

Ao fim de longa pregação sobre perigos e desgraças da tentação, frei Cristiano repetiu a exigência de segredo absoluto enquanto Mariana acompanhasse o cumprimento das penitências da caçula. E mesmo depois de reparada a culpa nada poderia revelar.

— Nem mesmo ao seu marido dirá uma só palavra, minha filha. Também não comente com as outras mulheres. E muito menos com a filha pecadora. Nada de zangas e repreensões. Três pessoas apenas poderão saber desta desdita: a pobre pecadora, a senhora e eu, em nome de Deus.

A certa altura, a "conduta pecaminosa" de Rosa ganhou, nas palavras de frei Cristiano, a dimensão de guerra santa. Para ele, o adultério de Rosa teria relação com uma estratégia de reconquista da Terra Santa: inconformados com a histórica derrota, os turcos há séculos conspiram contra a cristandade de todos os continentes em aliança com satanás. E a Curva do Cipó foi escolhida como porta de entrada de nova invasão dos territórios de Deus pelos bárbaros, tendo no comando o astuto Mamude disfarçado de mascate. Perigoso inimigo que se ocultou sob o manto enganoso da falsa caridade para surpreender cristãos inocentes e seduzir almas puras, nesta disputa em que a adúltera, como verdadeira Madalena, surgiu por desígnios divinos a fim de dar o alarme e impedir o avanço das forças do mal.

– É a ameaça dos bárbaros, minha filha. São as eternas cruzadas, minha filha. E Deus há de presidir nossa vitória. Mas tudo depende da fé, de nossa fé. Da sua alma e sua calma, minha filha. E a pecadora ofertou sua alma em sacrifício para deter a invasão bárbara, ao lançar o alarme da presença do inimigo nos territórios do senhor. Agora essa mácula há de ser lavada com penitências e sacrifícios. E toda a proteção e cuidado da senhora, dona Mariana. Com toda a fé, até a vitória final contra os artifícios de satanás contra nosso rebanho de fiéis. Nenhuma vacilação, nenhuma trégua. Ou a malícia e a perversidade de satã triunfarão de novo. E a mácula do pecado marcará para sempre a alma da ovelha desgarrada com a chama eterna.

– Deus acuda i porteja, pádi – exclamou Mariana, fazendo o sinal da cruz, sem quase nada entender além das ameaças de satanás.

– Deus protege sempre, mas seus filhos têm que estar em vigilância permanente, para o pecado não triunfar. Por isso, repito e insisto que a minha filha não poderá dizer nem mesmo ao seu esposo, por enquanto.

À quarta repetição daquela ordem, Mariana agitou-se:

– Deus qui perdoi. Si meu marido sabê, é morti certa, pádi Cristiano. Eli mata u turco... I minha Rosinha! Nem vali pensá, qui num cabi na idéia...

– Não, minha filha! – atalhou padre Cristiano. – Essa é a mão de satanás, que não pode guiar a mão e nem as ideias dos fiéis. Nada de olho por olho, dente por dente.

– Mais u João mata, pádi. Cum u perdão di Deus, eli lava uma disonra dessa cum sangui. Ele longi, perdido nu mundu, trocanu u suó da cara pur pão... I essa disgraça bem dentru di casa...

— Não, filha. Pois aí, sim, é que seria outra desgraça, uma vitória dos turcos e a derrota dos cristãos.

— Qui fio é essi qui vai nascê, meu pai santíssi?

— Filho do pecado, mas filho de Deus, minha filha. Nunca se esqueça: será um filho de Deus, como todos os filhos do pai misericordioso.

— Mais pádi, u mundu vai ficá sabeno, loguin, loguin.

— É sua missão, de fiel mais idosa e de mãe da grávida, protegê-la da execração pública e dos perigos do parto. E também de uma tragédia com o marido enganado.

— Pádi Cristiano, Deus mi perdoa, mais fio di inimigo inimigo é. Inimiguim. É inimigo tar quar.

— Não, filha, respondeu com veemência frei Cristiano. — Pois o fruto de seu ventre também é filho de Deus. E assim deve ser recebido, mesmo sendo uma aberração por sua origem: o adultério e o sangue turco. Para o Senhor, dona Mariana, sua dívida maior será proteger e amar seu neto, o filho de Rosa. Isso, desde agora, no ventre da mãe, e depois que vier à luz deste mundo. Sua missão, minha filha, é amar e dar proteção a essa alma que logo estará entre nós, mesmo que vindo por caminhos tortuosos.

Ao lembrar-se da barriga da filha, Mariana quis amaldiçoar Mamude, mas conteve-se, com medo de pecar na presença do padre. "Disgraçado. Turco lazarento. Pur issu qui num parava de pô pão in toda banda. Comprô a arma i u corpu da coitada cum pão."

Observado por Mariana, padre Cristiano repetia as advertências de que era dela toda a responsabilidade de proteger a família de futuras armadilhas do tinhoso:

– Preste atenção e guarde segredo. A sua missão, minha filha, é uma missão de guerra, mas em silêncio, com fé e amor. Uma guerra muda. Nada disso que estou revelando para a minha filha, agora, por inspiração divina, deve ser usado contra a pecadora, que permitiu, com a confissão de seu pecado, salvar a cristandade. Mantenha tudo em segredo. E sem vingança, sem ódio, minha filha.

Após acalmar Mariana, indicou o que fazer "para evitar uma tragédia e outra vitória de satanás": levar Rosa para longe, para uma tal Ana dos mil partos, em Águas do Céu, parteira muito experiente que poderia cuidar de sua caçula – antes, durante e depois do parto. E também da criança.

– Leve-a para longe, minha filha. Pois digo e repito: é só seu, como mãe, o sagrado encargo de proteger Rosa da execração pública, de um desatino do marido e dos perigos da gravidez. E o adultério não pode manchar a inocência da criança. A pecadora é que está em dívida com o pai, não o fruto do pecado. E o resgate é sua missão como mãe, dona Mariana.

Mariana ouviu as palavras do padre como ordem do céu, de Deus. A mágoa com a filha e o ódio a Mamude deram lugar à preocupação com a sua missão e o medo do castigo caso a descumprisse. E ao anunciar para a família a segunda gravidez da caçula, "cum u cumpádi Antônio", e não com Mamude, ela apressou-se em convencer as outras mulheres de que as recomendações de padre Cristiano eram para proteger a saúde e a vida de mãe e filho. "Órdi du pádi é órdi di Deus." No íntimo, porém, amargurava-se com uma dúvida que não queria compartilhar nem mesmo com Dolores: não seria pecado deixar a filha com uma desconhecida, longe de casa, numa época tão difícil? E toda vez que se sentia oprimida por esse dilema a voz do padre soava mais alto. "Leve a filha para longe, dona Mariana. A parteira cuidará da mãe e da criança. Fale em meu nome. Em nome de Deus."

A solução do mistério dos pães tornou claro para Mariana o motivo das mudanças da filha desde a última visita de Mamude e, em especial, o fim da alegria da caçula e suas habituais brincadeiras com as crianças. O comportamento arredio, que todos haviam percebido, passou a ser interpretado como efeito natural da gravidez. Mas para a mãe eram sinais de culpa.

3. Para cortar o pão

Certa noite Rosa esperou a mãe deitar-se e entrou no seu quarto chorando e repetindo uma súplica abafada:
– Perdoa eu, mãi. Perdoa eu, mãi.
A mãe sentou-se na cama assustada enquanto Rosa estendia-lhe um canivete que ganhara de Mamude.
– Toma, mãi. Mi perdoa, mãi. Toma. Eli qui deu pra módi cortá pão. Pega i perdoa eu.
– Pára cu isso – respondeu Mariana, pegando o canivete. – U qui tá feitu, tá feitu. Só Deus disfaiz ô refaiz. Vai drumi pra num assombrá as criança. Vai.
– Mais fala qui mi perdoa, mãi.
– Cê tem qui tê num é u meu perdão, Rosinha. É u perdão di Deus. U perdão di Deus qui tem força i valô. U perdão deli é qui váli. I só vai tê perdão seguino as órdi de padre Cristiano. Vai drumi, vai.
Assim que Rosa saiu, Mariana escondeu o canivete dentro de um bule velho debaixo da cama e amaldiçoou Mamude e a noite de lua cheia em que conversaram, sentados na pedra, sobre a fome das crianças e as histórias contadas pelas mulheres. "Loguinho u buxo dela istufa, meu Deus."
Dias depois, reunidas roupinhas de bebê já usadas num enxoval precário, Mariana e Dolores acompanharam Rosa a

Águas do Céu, numa viagem de quase meio-dia a pé, por trilhos e estradas de terra. Cansadas e cobertas de poeira, não tiveram dificuldade em encontrar Ana dos mil partos, que prontamente se encarregou de cuidar da grávida até o nascimento do filho, em atenção ao padre Cristiano.

– A casa é nossa, fia. Qui Deus abençoa toda muié qui pódi trazê fio pru mundo. Lovado seja Deus. I agradeçu muto quem vem da parti di pádi Cristiano.

No dia seguinte, Mariana e Dolores retornaram à Curva do Cipó. Caladas durante a viagem, só romperam o silêncio para falar do intrigante choro de criança na noite em que Mamude dormiu no paiol.

– I aquele choro, mãe... – arriscou Dolores, temendo a reação da mãe.

– Qui choro? – irritou-se Mariana. – Da Rosinha? I ocê num chorava si fossi ocê qui ficasse lá, cum buxo cheio, longi di casa?

– Não, mái. U gimido daquela noite. Da noite qui u turco posô no paió...

– Qui Deus mi perdoa, mais paricia o sa... – Mariana deteve-se, antes de concluir a palavra satanás, substituindo-a por talecoisa. – Paricia o talecoisa anuncianu disgraça.

E sem trocar nenhuma palavra sobre a gravidez de Rosa, as duas repetiram apenas curtos elogios à parteira enquanto advertências de frei Cristiano ecoavam na memória de Mariana. "Resista aos perigos de satanás, pois ele quer destruir Deus nos homens e os homens de Deus. Então, minha filha, defenda as ovelhas do senhor do ataque do gentio. Os turcos continuam atacando. É a encarnação do satanás. E o que usou o enviado do satanás? A fome, a fome, minha filha. Tentou a filha de Deus com o pão que mataria a fome dos filhos, mas matou sua honra."

No fim da viagem, Mariana e Dolores encontraram a Curva do Cipó em silêncio. Só raros cricris de grilos. Ainda no terreiro, as duas se assustaram com o pio estridente de um caburé.

– Mãe, cochichou Dolores.
– Que, Dolor?
– Siora inscuitô?
– Craro. Num tô surda.
– Num é u ?...
– É u caburé, Dolor – cortou Mariana, também assustada com o pio agourento do talecoisa.

Exaustas, as duas limparam a poeira dos pés com trapos para não acordar ninguém e foram deitar sem acender a lamparina. Mariana não conseguia dormir, pensando nas ameaças de frei Cristiano. E apavorou-se ao imaginar a reação de João, enquanto remoía dúvidas que quase a fizeram trazer a filha de volta contra as ordens do padre. De manhã, ao sair da casa de Ana, quase a levara para ter o filho na Curva do Cipó. "Ela pecô mais num matô", pensou sem nada dizer, parada no primeiro degrau da escada da casa de Ana. Mas o seu conflito não resistiu ao medo de falhar e ser punida. "É sua missão proteger sua filha até a criança nascer. Nem seu marido deve saber do pecado." Voltou-se então para Rosa, que chorava no topo da escada, deu-lhe a bênção com voz abafada e seguiu apressada com Dolores em direção a Mirante da Serra.

Assim que tomaram o caminho de volta, Mariana começou a pensar como explicaria para Antônio a ausência de Rosa e a permanência dela na casa da parteira tantos meses antes de dar à luz. E concluiu que bastaria dizer que era ordem de frei Cristiano e ele não pediria nenhuma explicação. Não iria estranhar porque, como de hábito, os homens da Curva do Cipó nada perguntavam sobre a família. Presos a lavouras distantes, eles pouco conversavam durante suas longas jornadas de trabalho, pagas por produção, ou seja, por tonelada de cana cortada, caixa de laranja ou medida de café colhida. No início da noite, comiam as sobras do almoço, preparado de madrugada por um deles, e jogavam-se exaustos em camas improvisadas. E, sem ânimo nem prosa, dormiam preocupados em acordar antes do sol e produzir mais que na véspera. Sempre calados, pouco falavam também com as mulheres e as crianças quando voltavam, entre uma colheita e outra, em viagens que nunca duravam menos de dois dias. Ao chegar com seu curto dinheiro, mudavam a rotina da Curva do Cipó, mas silenciosamente. Sem nada falar além do indispensável. Curtos cumprimentos, mudas despedidas. Por isso eles pouco ou nada sabiam das histórias de enganar a fome. E, logo que pagavam as dívidas atrasadas no armazém da cidade e compravam alguma comida, saíam em busca de outras colheitas. Com os mantimentos que deixavam em casa, toda a família tinha o que comer ao menos por algum tempo, sem que as mulheres tivessem que contar histórias para enganar a fome das crianças. Mariana ficava então liberada de vigiá-las na tapera central com a ajuda de noras e filhas. Geralmente, nove meses depois dessas rápidas visitas é que nasciam crianças na família. E, para alívio de Mariana, a gravidez de Rosa teria acontecido ou começado pouco mais de um mês depois do breve retorno dos homens de uma colheita de cana. Ao menos esse foi o cálculo feito por ela a partir da última noite em que Mamude dormiu no paiol e também começaram a aparecer os pães.

Aliviada por ter afastado a tentação de desobedecer frei Cristiano, Mariana dormiu entre orações e pedidos de proteção à filha. Mas não demorou a acordar de um sonho em que o filho de Rosa se debatia num rio até se afogar. Levantou e foi ao quarto dos netos verificar se todos dormiam. O som da respiração das crianças na escuridão deixou-a ainda mais angustiada. Voltou ao quarto e sentou-se na cama com as mãos cruzadas no colo. "Meu Deus", murmurou, lembrando-se do canivete que escondera debaixo da cama, dentro do velho bule em que guardava também o seu terço de contas de vidro. Estremeceu ao pensar que aquele presente santo, recebido da avó na primeira comunhão, estava junto com a "marca du pecadu" de Rosa e Mamude, que a caçula lhe entregara chorando e pedindo perdão como criança arrependida.

– Pega, minha flor do Líbano – disse Mamude, na noite do primeiro encontro, oferecendo-lhe o canivete. – É pra cortar pão das criança, flor do Líbano. Pouco pão e muita boca. Cabo de osso e lâmina de aço. Pra cortar pão. Presente de Mamude.

– Meu Deus, u rusáriu cum u caniveti! – exclamou Mariana, ajoelhando-se ao lado da cama. Esticou os braços às cegas e só pegou o bule depois de várias tentativas. Ofegante, agitou-o no ar deixando cair o terço e o canivete em cima da cama. "Qui Deus mi perdoa." Debruçou-se e deslizou as duas mãos no lençol, derrubando o terço no chão. "Mi perdoa." Agarrou o canivete e correu até a janela em busca de uma maneira de livrar-se daquela "arma da traição". "Essa coisa tem qui sumí daqui. Credo im cruiz. É arma du talecoisa." Foi até a porta do quarto onde dormiam os netos. Com o canivete na mão, parou por instantes olhando por uma das frestas da janela. E tomou uma repentina decisão: enterrar o canivete num grande buraco de tatu abandonado no início do trilho de Mirante da Serra. Pendurou o terço na cabeceira da cama e saiu pela porta da cozinha. Em passos rápidos logo chegou ao destino, jogou o canivete no buraco e com os pés raspou um pequeno monte de terra solta até enterrá-lo. E voltou para casa quase correndo. Passou pela cozinha, parou ao lado da cama das crianças e ficou ouvindo a respiração cadenciada dos netos por alguns instantes. Suspirou aliviada e voltou para o quarto. Ao arrumar o lençol, lembrou-se do bule debaixo da cama e deitou-se agarrada ao terço cujas contas miúdas deslizavam nas suas mãos ásperas.

De manhã Mariana acordou com uma netinha puxando-lhe a mão.

– Vó, mi dá u terçu. Vó, mi dá u terçu.

Logo que se levantou, Mariana foi se certificar se o canivete estava bem enterrado. E o recobriu com mais terra, algumas pedras e muitos pedidos de perdão a Deus.

4. No escuro

Um mês em Águas do Céu sem nenhuma palavra além de abafados sins e nãos em respostas quase sem som. Rosa não conseguia olhar Ana de frente nem quando se sentavam no alpendre à espera do pôr do sol, ouvindo o pio dos últimos pássaros à procura de abrigo nas árvores do quintal. Envergonhada, desviava os olhos do chão para as paredes ou se perdia sondando a escuridão. Passos para lugar nenhum, de um cômodo a outro, esgueirando-se cabisbaixa pelos cantos da casinha de dois quartos, saleta, cozinha e alpendre. Raramente espiava pela minúscula janela do quarto, sem coragem de ir ao quintal e muito menos sair à rua. Em dúvida sobre o que fazer, ficava horas olhando as curvas do trilho para a cidade. Ao ver os canteiros de ervas curativas misturadas a plantas abortivas, sentia-se ainda mais atormentada. Esperar até nascer a criança, fugir e enfrentar todos na Curva do Cipó ou "pôr a cria fora" com um chá abortivo? Como salvação ou tentações, lá estavam ervas contra dores e raízes que apressavam ou evitavam o parto, como explicou Ana para acalmar Mariana, garantindo-lhe que não faltaria nada na sua horta e muito menos experiência para cuidar da filha e do futuro neto. Cada vez que Rosa pensava numa saída, as dúvidas aumentavam sua angústia e provocavam dores difusas pelo corpo, tão intensas que sentia o bebê crescer como balão inflado no ventre. Para ela, era o talecoisa punindo seus pecados – contra Deus, o marido e a mãe. Talecoisa que chegava até com os insetos para atacá-la ao anoitecer ou nas madrugadas de insônia. "Sai pernalongo! Sai, talecoisa. Musquitu du ôtro mundo."

A parteira fingia não perceber aqueles modos arredios nem saber o motivo da vergonha de Rosa, confidenciado por Mariana com a condição de que ela mantivesse "o feito" da caçula em segredo. Experiente, no início Ana não se impressionou com os modos da hóspede, apenas mais uma entre centenas de mulheres que desde muito jovem ajudou a dar à luz, conquistando fama de "mão santa" e o apelido de Ana dos mil partos.

– Agora qui iscureceu, a sinhora num qué levá a criança pra cama, dona Rosa? – perguntou Ana, em tom de brincadeira, sentada ao lado de Rosa no alpendre, no início da noite.

– Qui criança, dona Ana? – reagiu Rosa, intrigada, pondo-se de pé.

– É u jeitu di falá, dona Rosa – completou Ana, levantando-se também e sorrindo na tentativa de mudar o humor de Rosa. – Hora di drumí. Boa noite. Si sintí dô, mi chama. Podi mi acordá nu meiu da noite ô di madrugada.

– Deus lhi pague, dona Ana. Boa noite.

– Boa noite, Rosa. Graças a Deus ocê distrancô a fala. Nunca mais trava a fala, minha fia. Ocê prométi? Prométi não ficá muda mais, fia?

– Prometo sim, dona Ana.

Antes de deitar-se, Rosa apoiou a mão esquerda na parede de tijolos nus e ficou de pé ao lado da cabeceira do catre. Testou o equilíbrio, comparando as sensações de frio na nuca com os arrepios da primeira gravidez. Do corpo magro, que pouco se alterou, com exceção da barriga saliente, sentia um peso que parecia forçá-la a dar um passo à frente para não cair, como se alguém a empurrasse pelas costas. Por alguns segundos tentou resistir mas acabou caindo de bruços no colchão. A madeira da cama estalou, assustando-a ainda mais. Ofegante, manteve-se na mesma posição, com medo de atrair a atenção de Ana.

Corpo no colchão áspero, sentiu-se desprotegida e humilhada. Ao receber um pontapé, quis gritar mas não conseguiu. Apenas um pensamento. "U talecoisa mi dirrubô i mi amarrô. Crendeuspadi. U talecoisa di novo." Sentiu a mão de padre Cristiano pressionando sua nuca contra o travesseiro para sufocá-la. Ao esforçar-se para levantar, inspirou o cheiro agreste do capim seco que enchia o colchão de tecido rústico. Num tranco desvirou o corpo e deitou-se de costas. Olhos abertos no escuro, tentou recordar-se da última vez que chorara. Quis encontrar saída para as lágrimas, um alívio para a dor. Mas o que aflorou foi a lembrança do choro na confissão a frei Cristiano e do desabafo à mãe. Balbuciou então o nome da filha. Sem conseguir chorar, abriu os olhos e imaginou o sorriso da filha flutuando na escuridão. "Lena, minha fia." Lembrou-se dos gritinhos alegres e estridentes que a menina repetia quando as histórias terminavam antes que ela adormecesse – o que era raro. Quem estaria distraindo a fome de

Helena? Ao pensar que ia dar-lhe um irmão ou irmã que não seria filho de Antônio, explodiu num choro violento mas sem som, para Ana não escutar.

Assim que parou de soluçar, Rosa sentiu o cheiro de pão fresco invadir o quarto. Cada vez mais intenso, esse confuso odor de farinha e sal, suor e corpo, a perseguia desde a primeira vez que esteve com Mamude. Aos poucos as lembranças de seus encontros agravaram o remorso, ao mesmo tempo que a excitavam, renovando na memória o prazer perturbador daquelas visitas secretas, ainda vivo no corpo, mesmo conturbado pela gravidez. Encontros que ela não conseguia evitar, mesmo sabendo que estava cometendo um erro, todas as vezes que Mamude a chamava para o seu esconderijo com um assobio igual ao pio dos caburés que se abrigavam nas árvores secas da Curva do Cipó. E a vontade incontrolável de comer pão a toda hora foi tornando ainda mais agudos seu sofrimento e seu conflito. Pois não havia mais pão nem Mamude. Mas o desejo a torturava, principalmente à noite, como se o seu talecoisa amarrasse o seu corpo ao corpo de Mamude. "Minha flor do Líbano. Minha flor do Líbano."

5. Filho do pão

Intensas cores do crepúsculo pintavam lentamente uma faixa dourada no horizonte de Águas do Céu, mas Rosa nem percebia a dança de matizes no céu, calada ao lado de Ana no alpendre, tentando disfarçar os pontapés que recebia do bebê, muito agitado desde as primeiras horas da manhã. O silêncio era perturbado apenas pelos últimos pios de pássaros e pelos estalos dos restos da lenha no fogão de taipa na cozinha, de onde exalavam ainda os cheiros do jantar, sobras do almoço que Ana requentou e forçou Rosa a comer "pro bem da criança", pois ela passara o dia sem se alimentar nem dizer qualquer palavra. E de nada adiantavam os esforços da parteira para conseguir dela uma palavra, um sorriso.

Nas últimas semanas, Ana já não sabia o que fazer para distrair Rosa, que se isolara numa solidão impenetrável, atormentada pelos pontapés do filho. Nem breves tréguas daqueles golpes aliviavam sua aflição, pois logo uma dor insistente enlaçava-lhe o corpo, pressionava a garganta, descia até as pernas e voltava, num vaivém torturante. Nada se comparava à primeira gravidez, em que tudo acontecera naturalmente, sem sobressaltos. A alegre espera pela primeira filha fazia brilhar seus olhos e iluminava seu rosto moreno de quase menina, até que os gritinhos de Helena chegaram numa luminosa manhã de domingo. Sem medo e com muita alegria. Mas a segunda gravidez... "Ai, pára de chutá, coisa dotro mundo! Sussega, talecoisa!"

Aos primeiros pontapés do bebê, no início da gravidez, Rosa já se sentira aflita e acuada. Não compreendia os incômodos e nem conseguia afastar aqueles medos desconhecidos com orações que repetia ao deitar-se e ao acordar de madrugada. No início pensou que passariam as dores, que superavam tudo o que havia sentido na primeira gravidez e até nas crises de maleita dos tempos de solteira. Mas se agravavam a cada dia. Com a aproximação do parto, seus pensamentos se reduziram à idéia de pecado. E remorso era o único sentimento que lhe despertavam os pontapés no ventre. Tudo ficava assustador na escuridão das noites sem sono. Pontapés. Pecado. Talecoisa. "Ai, meu Deus. U Tonho lá no eito i essi bicho no meu bucho. Um fio di ôtro homi, meu Deus."

Olhos no vazio, Rosa e Ana não se alteraram com o pio dos últimos pássaros que se recolhiam às árvores mais próximas selando a melancolia do pôr do sol, já reduzido a um tênue traço dourado entre estrias cinzentas no horizonte. Minuto a minuto as sombras avançavam contra as últimas cores do dia, lançando um véu lúgubre sobre os dois vultos presos às toscas e velhas cadeiras, que tornavam o minúsculo alpendre parecido com uma gaiola de grades roliças.

Com cuidado, Ana tentou mais uma vez puxar conversa:

– A luiz du dia lá vai pra dentru du saco da noite, dona Rosa.

— Apois é, dona Ana – respondeu Rosa, indiferente, olhando na direção do trilho que ela tantas vezes desejou tomar de volta à Curva do Cipó. – Um dia a menus di agunia...

— Não, é mais um dia de aligria, dona Rosa – brincou a parteira, mas logo desistiu de contar mais um de seus casos pitorescos de partos, impressionada com a amargura daquela mulher tão jovem quase às vésperas de ser mãe pela segunda vez.

Ana e Rosa voltaram ao silêncio que dominava a casa como animal oculto na escuridão. Ao ouvir o sino da igrejinha na cidade, fizeram o sinal da cruz e moveram os lábios sem emitir nenhum som.

Mesmo sabendo que não estava sendo notada, Ana olhou de soslaio a barriga de Rosa, muito grande para a estrutura do corpo, que não chegou a engordar com a gravidez. Porém a agreste beleza fora exaurida por meses de amargura e sobressaltos. Pernas fortes, figura graciosa de movimentos rústicos. Mulher sem malícia, que à luz da lua cheia atraíra a atenção de Mamude.

Sem saber ao certo a época do início da gravidez, Ana não se sentia à vontade para perguntar nada sobre aquele dia, para não aumentar o sofrimento da visitante, que evitava o quanto podia sua companhia, escondendo-se no quarto sempre que se via sozinha, mesmo durante o dia. Afinal, decidiu que não podia mais fugir desse assunto, sob pena de acontecer o pior com mãe e filho. Devagar, recomeçou a conversa, com uma pergunta pela metade:

— A sinhora num si alembra, dona Rosa?...

— Alembrá u quê, dona Ana? – perguntou Rosa com irritação.

— A sinhora num marcô a lua, dona Rosa? — insistiu a parteira. — É só fazê um risco numa lasca de pau. I dispois um pique pra cada lua. Nu cabu da vassora tamém dá.

Rosa deu um salto inesperado e ficou de pé na frente da parteira, que a repreendeu com energia:

— Pelo amor di Deus, dona Rosa! Cuida di num dá pulo nem pinoti. Cum criança na barriga num si ispicha rabicho. Num faiz mais isso. A sinhora num tá suzinha.

Trêmula, Rosa afastou-se de Ana, esbarrando no parapeito de paus roliços.

— Carma, dona Rosa — modulou a voz a parteira, temendo que Rosa se ferisse e afetasse também o filho. — Acima di tudo tá Deus. Deus protégi us fio nascido i não nascido. Deus é u grandi partero. Eu só impresto minhas mão pra Deus fazê u parto, minha fia. Eu só imprestu as mão i a fé. Fé na vida qui Deus manda. I a sinhora tem qui respeitá tamém.

Ana sentiu no rosto o hálito de Rosa e teve medo de ser agredida.

— A mão di Deus... — repetia Ana, tentando acalmar Rosa. — A mão di Deus...

Pausa. Rosa esbarrou no parapeito e retrocedeu atingindo de novo com seu hálito o rosto da parteira, que se encolheu. Um forte pontapé na barriga deixou Rosa ainda mais desorientada. Em desespero. Ana tentou acender a lamparina para melhor seguir os movimentos de Rosa.

— É a bindita lua cheia, dona Ana! — exclamou Rosa, com dificuldade, soltando a voz afinal. — Lua cheia!.. lua cheia!

— Lua cheia nessa iscuridão? — assustou-se Ana, temendo que Rosa estivesse enlouquecendo.

– Num é isso, muié di Deus. Num sai du meu zóio, dona Ana, aquéia noite di lua cheia. Lua cheia i panela vazia. Lua cheia i panela vazia.

– Intão é fáci, dona Rosa – insistiu Ana, aproximando-se de Rosa. – É só contá quantas lua e...

– Fáci, dona Ana? – gritou Rosa, afastando-se e agarrando o encosto da cadeira.

– A fomi cumenu a carni das criança. U choro da minha minina, fininho, fininho. Feito passarinhim na hora di morrê. Nu disisperu, sinhora dona, qui mãe nessi mundo num acódi u fio? Faiz u qui pódi i qui num pódi, sinhora dona. Foi nu disisperu... saí iscundida di casa i curri nu paió... eu quiria pão praqueles passarinhim num morrê, pras criança num ispichá us cambitu di fomi. Anjinho isgoelano... A lua cheia i aqueli choro fininho da miúda na casa da minha mãe... Minha irmã consolô ela. Eu dei meia caneca dágua i ela isfaleceu nu sonu. Sem ingolí um grão di nada, minha sinhora dona. Eu vortei pru meu cantu amarranu a guela pra num urrá di dô duída... i us homi longi, sem atiná cum a disgraça... Sem tê u qui fazê nem disfazê.

Um choro esganiçado interrompeu o desabafo de Rosa. À distância, Ana tentava consolá-la:

– Carma, dona Rosa. Carma. Óia a criança...

– Fiz u qui percisava pra módi arrumá pão! – prosseguiu Rosa, elevando a voz.

– Sim, dona Rosa. Deus sábi...

– Mi amarrei té num podê mais ali nu meu cantu. Sigurei nas reza i nu espritu santu. Pidí i ripidí naquéia noiti di lua cheia. Pidí força i perdão a Deus i fui buscá cumida na mão di quem tinha. U passarim caburé caça coas unha prus fióti. I eu? Num ia caí nu pecado di dexá us miúdu na fomi. É u qui mãe bicho faiz pru fiote. Fui, fui. Fui atrais da misericórdia du sô Mamude, da bondade daqueli homi. Us picuá deli cheiu di pão. U grito da criança feito faca fincada no bucho... Só tive uma ideia. Lá qui tá o pão? Lá qui eu vô. Lá no paió... Pagá o pão num pudia, dona Ana. Só a bondadi do dono. Na hora, dona Ana, aqueli chero di pão no paió... Ah! Aqueli chero, sinhora dona. Cumu si u mundo fossi um forno sem fim cuberto di pão. E os bucho dos fioti vazio...

Um pranto convulso impediu que Rosa prosseguisse. Ana permaneceu encostada no parapeito, esforçando-se para não chorar nem interferir no surpreendente desabafo. Um desabafo que ela tantas vezes provocou, sem esperar todavia que viesse com tal violência e tanto sofrimento. Mas sabia que não devia interromper Rosa até que ela se livrasse daquele desespero reprimido desde sua chegada.

A custo Rosa refez-se e continuou, cortando frases, entre lágrimas:

– Aí, dona Ana – disse Rosa, calando-se de novo, com os olhos fixos na direção do caminho de Águas do Céu, como se procurasse na escuridão o que dizer. Respirou fundo e recomeçou. – Aí, dona Ana. U homi ponhô preço nu pão. Deus mi perdoa. U meu corpo, u meu corpo, dona Ana. U pão ia custá u meu corpo, minha dona sinhora de Deus. Pensei nu marido, nu Tonho, pensei em Deus, pensei nas criança. Meu corpo num ia morrê só numa deitada, mais as criança num guentava mais sem umas quirerinha pra espantá a fomi. Minha dona, migaia di cumida pra enlevá buchim vazio. Aí o homi abriu dois pãozão i pôis pertu du lampião aceso, sinhora dona. Dois pão du tamanhu du mundu, du tamanho du mundu, minha dona sinhora. Preguei o zóio nelis pensanu nas criança, u homi alisô meu cabelo. I fiz pelo pão. Fiz mordenu a língua. Choranu muda... fechei u zóio i só via as criança. As criança... A sinhora aquerdita, não?... u pão... as criança...

Sem saber o que fazer nem o que dizer, Ana observava Rosa, transfigurada à luz da lamparina, como se uma estranha força dominasse aquele corpo magro, num misto de fraqueza e coragem, ingenuidade e malícia.

– Mais dispois, dona Ana, cruiz in credo. Dispois u talecoisa tomô meu corpo, sinhora dona Ana. Nas otra noite acabei fazenu pur gosto. Não nu paió mais lá na gruta, longi di casa. Qui vergonha, ai ai. Uma semana atráis da outra. U cheiru du pão grudado nas venta, dona Ana. A primera noite, na horinha do pecado eu só escuitava criança choranu, dona Ana. Aquelis pão feitu na cidade, com banha, farinha e sar... I us mulequi cum us bucho vazio... Nas otra noite, não era mais u chero du pão, sinhora dona Ana. Mais u chero daqueli homi, du corpo deli. U parfumi du talecoisa mi dexô zonza, ai, meu Deus. Ai, meu Deus. I u Tonho meu marido nu fim do mundo... U meu Tonho suanu sangui pra dá di cumê... I eu, sinhora dona Ana, inroscada cum talecoisa lá na gruta...

Ana fechou com força as mãos como se procurasse palavras de conforto que não encontrou.

— Graças a Deus, a tentação foi imbora... e nunca mais tevi pão. Mais ficô u chero da tentação grudado na venta, fincado feito ispinho na ideia. A quarqué hora chega u chero do pão i a mão do talecoisa iscorrenu nu cabelu. Correnu nu corpo. U corpo tremi tremura di maleita, ó, Deus du céu. Tremura sem cura, minha sinhora. A quarqué banda qui tô, lá vem u talecoisa i mi faiz tremê... ai, sinhora dona Ana! Deus mi salvi!

Ana aproximou-se de Rosa, tentando colocar o braço no seu ombro, mas ela esquivou-se.

— Si a sinhora sabi qui é na lua cheia qui tevi cum seu marido...

— Mais qui marido, dona senhora? Pois eu num tô falano da minha dô? Num cabei di contá minha queda? U meu pecadu i u coitado du Tonho perdido no mundo cum us home da Curva do Cipó... Tava na safra di cana ô di laranja, sabi Deus. I as criança ali mordida di fomi... I us homi qui nunca qui vortava cum u bindito dinhero. I as panela vazia. Nadim di gurdura i farinha.

— Intão, dona Rosa... — quis desculpar-se Ana, iluminando de perto o rosto de Rosa com a lamparina.

— É isso qui é, dona Ana — completou Rosa, com certo alívio, já exausta. — Na minha barriga num carregu fio du meu marido Tonho.

— Mas é fio di Deus, dona Rosa. É fio do amor de mãe em disispero. Disisperada pra matar a fome do fio, da criançada...

— Não, sinhora dona Ana — retrucou Rosa. — É fio du pão, fio du talecoisa, sinhora dona. — E disparou, fechando os olhos. — Du talecoisa... du talecoisa... du talecoisa! Fio du talecoisa! Nu meu bucho tem fio du talecoisa.

— Carma, dona Rosa — repetiu a parteira.

Rosa soltou um gemido, recostando-se na cadeira e levando as mãos à barriga.

— É tudo fio de Deus — prosseguiu a parteira. — E o teu, dona Rosa, é fio di Deus, é cria di Deus. Qui Deus quis assim i assim há di sê.

— Como, sinhora dona Ana? — exaltou-se Rosa de novo. — Deus quis a minha queda? Qui eu tivesse um fio du pecadu? Fio da traição, sinhora dona Ana?

— A sinhora trata de acarmá, qui eu tô veno qui a sua dor...

— A sinhora num pódi vê minha dô, minha sinhora dona. Coisa feita qui nem Deus disfaiz. I tá aqui, aqui dentro. U qui foi feito é eu qui sinto a dô... Dói na barriga, na ideia... I amarra a guela feito corda na guela di inforcadu, sinhora dona. A sinhora num podi vê nada, sinhora dona Ana. U qui foi feitu é eu qui carregu. É fio du talecoisa.

— O qui foi feito tá feito — repreendeu Ana, mas enérgica, falando ainda mais alto. — Foi feito pur amor di fio. Pra proteção di criança. I cum sua licença, dona Rosa, chega di tanta falação, qui isso é veneno pro bichinho aí na barriga. Bichinho inocente, pura cria di Deus. I a sinhora trata de ficá aí bem queta. Para di carregá cruiz à toa i entra na oração. Vô fazê um chá de erva-cidreira pra abrandá a foguera que tá lhe queimando as ideia e o coração. É chá de sussego que a senhora tá careceno agora sim. Sim e sim sinhora.

— Muié caída num mereci chá nem sussego, dona sinhora Ana.

— Trata di cuspí esta fala da boca pra nunca mais! — gritou Ana pegando a lamparina. — Minha fia, isso num foi queda!

Foi sacrifício de mãe disisperada pro demônio du turco sem arma. O disgraçado é qui mereci u inferno di abusá da disgraça, da fomi das criança. Num tem queda, não. Foi istrupo, dona Rosa. A sinhora foi istrupada. Si fossi genti di Deus o disgraçado tinha ajudado sem trocar o pão pela honra de uma mãe disisperada. Para de variá cum essas ideia, minha fia. Num tem pecado, apois foi istrupo, fia di Deus. Istrupo!

Ana levou a lamparina até bem perto do rosto de Rosa e perguntou em tom de cobrança:

– Ocê mi prométi? Ocê tem qui prometê! Prométi ô num prométi? Tem qui prometê!

– Prometê u quê?

– Qui nunca mais vai falâ de muié caída, queda i essas bobage. Prométi?

– Sim, sinhora – respondeu Rosa apenas para concordar com Ana. – Si a sinhora qué...

– É isso, fia. É pra prometê i cumprí – disse Ana e saiu com a lamparina, deixando Rosa no escuro.

Assim que acomodou-se na cadeira e fechou os olhos, Rosa sentiu um forte cheiro de pão invadir o alpendre e ouviu um pio de caburé, que Mamude imitava chamando-a para seus encontros, numa pequena gruta em uma grota protegida por moitas de arbustos e cipós tão densamente entrelaçados que os dois só conseguiam passar na única abertura por serem magros, assim mesmo entrando de lado e com muito cuidado para não se machucar nos espinhos. O cheiro de pão e o pio de caburé transportaram Rosa à Curva do Cipó, reavivando na memória a fome das crianças e a imagem de Mamude.

As recordações foram aflorando sem amargura, livres de remorsos, medos ou conflitos entre sacrifício pelo pão e desejo de encontrar o mascate na gruta secreta. Ouviu Mamude soprar baixinho "Minha flor do Líbano, minha flor do Líbano.", passando de leve a mão no seu cabelo. Rosa revisita a Curva do Cipó iluminada pela mesma lua cheia. Em casa, adormece após pendurar na cabeceira do catre o vestidinho florido e ralo de chita vermelha. Tarde da noite, ela acorda com o choro da filha longe, na casa de Mariana. O lamento frágil de Helena tem o som de sempre: fome. Rosa vai até lá, consola a filha com meia caneca dágua adoçada por uma pitada de açúcar. A menina dorme nos braços da tia Dolores, Rosa volta pra casa. Ao passar perto do paiol, sente um forte cheiro de pão. Ela estaca, em choque. Respira fundo com os olhos na porta sem trancas, feita de três taboas pregadas em duas ripas. Inspira forte várias vezes até chegar na porta. Pensa na filha que dorme enganada com água doce. E imagina o rosto de cada sobrinho deitado nos catres da casa da mãe. Entre suas carinhas passa de relance o rosto severo e magro do marido, distante e sem data pra voltar. Um caburé pia bem perto. Com medo de ser apanhada ali por Mamude, corre pra casa. Fecha a porta e encosta-se na parede, trêmula. Inspira várias vezes com força, ressaboreando com o olfato os pães que dormem no paiol. Sabe que a qualquer momento o mascate se levanta e vai embora com os pães. O choro de uma criança desconhecida, em tom agudo, começa na casa de Mariana. Rosa arrepia-se ao perceber que aquele gemido não é de nenhuma criança da Curva do Cipó. Uma porta se abre e fecha logo em seguida. Ela reza para espantar o medo. O caburé repete o pio. Ela respira fundo, sentindo o cheiro do pão ainda mais forte. Tira de novo o vestido para dormir, mas veste-se, confusa. Põe a mão na tramela para abrir a porta da sala, mas vacila. Suspira e pára. Resiste. Os dedos agarram a madeira com mais força. As ideias giram, misturam-se, disparam. Pão, fome, homem no escuro, mulher casada, marido na colheita. Olha pela fresta: a lua cheia deixa tudo claro, tudo dia. Afinal, abre a porta e sai. Só pensa no pão redondo dentro dos balaios de Mamude. E na filha, nos sobrinhos... as crianças raquíticas, mirradas, com fome. Passos curtos, pés descalços. Sente que está indo à caça. Comida pra toda a família. O caburé já caçou a comida dos filhotes. Como sonâmbula, não tem olhos para nada à sua volta. Enfim estaca a um passo da porta do paiol. Vacila. Pensa em retroceder e correr de volta pra casa. Mas o cheiro do pão prende-a, arrastando-a para frente. O corpo treme, tentando resistir, até que ela cede e encosta o rosto numa trinca da porta tentando ouvir algum barulho lá dentro. O silêncio, pontuado por um ruidoso ressonar de Mamude, paralisa Rosa. Ela inspira forte várias vezes o cheiro de pão. Ameaça correr, mas desiste. Reúne medo e coragem e solta a voz em tom de súplica:

– Sô Mamuti. Sô Mamuti, p'lo amô di Deus...

Antes mesmo que Rosa termine, Mamude levanta-se com um lampião aceso, abre a porta e surge diante dela como um gigante. Ela fica admirada com a altura daquele homem de testa larga, queixo forte, olhos esverdeados e cabelos encaracolados. Lembra-se do Moisés que vira ainda criança numa bíblia ilustrada.

— Minha filha — exclama surpreso Mamude, puxando-a levemente pelo braço para dentro do paiol e aproximando o lampião de seu rosto assustado.

Trêmula, Rosa olha para o alto e balbucia uma só palavra em desespero:

— Pão, páo, páo...

— Chá di erva-cidrera, pra acarmá — anunciou Ana, com uma caneca esmaltada na mão, despertando Rosa de seu devaneio. — Bébi, dona Rosa, qui é báo pros nervo. É báo pra mãe i mió pru fio. Dispois, o mió é cama, discansá o corpu i as ideia. Manhã é ôtro dia, qui só Deus sábi. A sinhora percisa di discansu, qui a criança tá nus dias di chegá. A sinhora cuspiu a dô qui garrava u corpo intero. Agora tá livre desse fogo, dona Rosa. Tinha percisão de falá, pô o coração p'la boca. Agora bébi, dona Rosa.

Assustada, Rosa ficou olhando Ana sem reagir.

— Chá di erva-cidrera, bébi , dona Rosa, qui tá quentim — insistiu Ana.

Rosa pegou a caneca, encostou-a na boca depressa e começou a beber devagar. De novo, em cada gole a amargura da culpa. Logo que terminou, Ana a conduziu até a porta do quarto, deixando com ela uma lamparina e a mesma recomendação:

— Rógui a Deus pur porteção da sinhora mais a criança. I mi chami pro qui pricisá. Tô pronta pra quarqué hora du dia i da noite. Criança qui entra nessi mundo, dona Rosa, num óia relógio pra entrá, pra nascê i dá u primeiro grito. É grito di vida, dona Rosa.

Sem nada responder, Rosa cumpriu a rotina de todas as noites: pendurou na cadeira o mesmo vestido de chita, aumentado com duas faixas brancas laterais, costuradas de alto a baixo. Ao receber outro pontapé do bebê, teve de novo a sensação de estar indo para a cama com um estranho. Deitou-se de lado e, antes de apagar a lamparina, olhou para o vestido e lembrou-se do sussurro de Mamude, soprando no seu ouvido um ventinho de arrepiar. "Minha flor do Líbano. Minha flor do Líbano." Estremeceu, culpando-se pela lembrança, mas não quis afastá-la. Por instantes entregou-se, acomodando a cabeça no travesseiro e sentiu a mão de Mamude no cabelo. Fechou os olhos.

– Sai, talecoisa! – gritou Rosa, despertando de um cochilo. – Sai, talecoisa! – E, como se pudesse fugir de seus pensamentos mergulhando o corpo na cama, pressionou o rosto com força contra o travesseiro. E começou a repetir a oração de sempre num duelo desesperado, para não sentir o cheiro de pão nem ouvir o pio do caburé e a voz do mascate. Mas nada de calar o sussurro "Minha flor do Líbano", que parecia cada vez mais próximo. Ao sentir o hálito de Mamude no rosto, alcançou o vestido e deu duas voltas com ele ao redor da cabeça para não ouvir mais aquela voz. Como se aquele sussurro não fosse o eco de suas lembranças.

Essa noite Rosa não teve coragem de ficar no escuro. E não soprou a lamparina para dormir.

6. Sem chorar?

O desabafo de Rosa fez com que Ana se empenhasse ainda mais em distraí-la com pequenas tarefas domésticas, temendo que ela fugisse, provocasse aborto ou mesmo cometesse suicídio. Passou a verificar com frequência se havia sinais no canteiro de plantas abortivas e tentou contar casos e prolongar as conversas no alpendre sem êxito porque Rosa não se interessava por nada e os diálogos acabavam em silêncio.

A única história que Ana conseguiu contar para reanimar Rosa foram suas peripécias no nascimento de trigêmeos que acompanhou sozinha, ainda jovem, num vilarejo distante de que nem guardou o nome. Na memória, a chegada às pressas das três crianças e a gritaria do pai no terreiro de uma enorme tapera de pau a pique. O pai sentia dores e imitava contrações da mãe, como se também estivesse dando à luz os três filhos do casal, enquanto corria aos gritos ao redor da casa com uma velha sela nas costas. Marido e mulher unidos na dor do parto, comentou a parteira, na esperança de empolgar a visitante com detalhes pitorescos.

– Eu era moça. Veiu cá o marido e a mãe da prenha. Numa charrete disconforme de roda e de vará. Nunca tinha visto nem nunca mais vi iguá. Uma gaiola di roda. Coisa doutro mundo. Até o burro pedrêis... cum zóio di gente dano bom dia. Crendeuspadre. Ah! Então. Era urgência urgenti. A cria tava pra espirrá da mãe. Dispois se viu que era trêis fióti enrolado numa barriga só. A muié parô de andá na metade da gravideis de tanto peso. Num guentava levá aquilo tudo aonde ia. Foi sentano, sentano, até num levantá mais. Cheguei cuberta de poera por fora e por dentro. A guela afogada no pó. E já foi logo aquele berrero, aquela gritaria. Antes de chegar bem chegado, a muié gritava lá dentro da casa, o marido respondia cá fora com grito iguar, tar i quar. Ele apeano da charrete i gritano i correno. A mãe da prenha viu o espanto na minha cara. E logo expricou saltano no chão, qui era jeito antigo das África. Jeito herdado da vó da vó que nunca mais vi. Pai e mãe juntos no parto até botá as trêis cria pra fora. A mãe na cama soprano no bico da garrafa i u marido correno no terrero, com a sela do cavalo na cacunda. Ela gritava e gemia no quarto, ele gritava e gemia lá fora no galope rodeano a casa, parino juntinho com a muié. Escapô a primeira cria, eu corri peguei e fiz u qui fazê. Veio otro e mais otro. A mãe gritano no quarto e o marido gritano e correno feito cavalo espantado dibaxo da sela. Tudo, dona Rosa, como expricado pela mãe da mãe, muié quilombola, no termo dos treis parto, sabe pra mode quê?

— Sei não, dona Ana – sussurrou Rosa, com má vontade.

— Tudo bem-querê, amô du marido pela muié. Foi o dito da muié quilombola. Assim. O homi mais a muié faiz o fio junto e pare o fio junto. Na hora de pari, na hora da dor, u homi faiz igual a muié: sente a dor i sorta o grito juntamente junto. Os dois num só. Quando o derradero fio veio, u coitado do pai já tinha currido mais que cavalo brabo. Foi a conta dele vê a cara dus três piôio e caí quasi morto num canto sem sortá a sela. Cansado e a cara aberta de aligria. Si a muié tem mais um pra parí, pur Deus qui o pai murria correno dibaxo da sela. Dispois foi aquela festança. O povaréu de parentes lá no terrero, cantano e dançano. E os parente mais véio sortô um fuguetório danado, di deixá cachorro loco. Preguntei pra avó da trinca de machinho u qui era i u o qui num era aquilo tudo. E veiu uma reposta qui vô morrê sem esquecê. "É pra avisá u mundo qui us minino chegaro, dona Ana. Aí a avó falô qui as dança é pra recebê cum aligria arma nova. É festança qui veio das África cum as vó das vó das vó. Era pra sinhora tamém sabê. Suas avó tinha suas aligria. A sinhora também devi de si alembrá. Uma partera tão afamada. Uma fia que tem sangui de Muçambique nas veia. Aligria, fia. Aligria di vida nova.

Ana terminou o caso eufórica, mas retraiu-se ao perceber a seriedade de Rosa. Sem graça, se deu conta de que a história deixou ainda mais triste a futura mãe – sozinha, longe da família e grávida de um filho que não era do marido.

– Ah! Dona Rosa, o mió é isquecê u casu e drumi.

Ana deitou-se e ficou atenta aos ruídos do quarto de Rosa. Por mais que tentasse compreender o dilema vivido por sua paciente entre o pão de Mamude e a fome das crianças, não se conformava com o desânimo e a amargura de uma grávida quase na véspera de ganhar o segundo filho, enquanto tantas mulheres faziam até promessa para ser mãe ao menos uma vez. Mas condoía-se com a tristeza de Rosa ao lembrar-se do seu desabafo: "Ele é fio du pão, fio du pão! Fio du pecado! O talecoisa amarrô o corpu deli no meu corpu."

Certa manhã de domingo, antes de visitar uma comadre num vilarejo distante de Águas do Céu, Ana entregou a Rosa uma peneira de taquara e pediu-lhe que escolhesse feijão do almoço do dia seguinte, apenas para mantê-la ocupada na sua ausência. Recomendou que permanecesse sentada no alpendre até a sua volta e fosse deitar caso sentisse algum incômodo diferente.

— A sinhora mi faiz favor: num levanta dessa cadeira, num pega peso, num força u rumo das ideia. Cata u fejão bem sentada, cum a penera nu jueiu. Intendeu, dona Rosa? Parada i discansada. Si u bichinho bulí muto nu bucho fica na cama. Na cama. Intendeu?

— Sim, sinhora. Intendi, dona Ana.

— Quarqué forcinha meio di banda, o bichinho ispirra feito caroço de fruta madura. I num vinga, dona Rosa. Ispirra e cai no chão.

Ao voltar, Ana ouviu de longe o choro abafado de Rosa, ainda sentada no alpendre na mesma posição que a deixara ao sair, com a peneira no colo, murmurando palavras que ela não conseguia compreender. Com cuidado para não ser vista, aproximou-se e ficou do lado de fora do alpendre tentando entender aquele lamento. Na peneira, Rosa dividira o feijão em dois pequenos montes, colocando um deles à esquerda e o outro à direita. E a cada grão que deslizava com o indicador da esquerda para a direita, balbuciava o mesmo pedido:

– Perdão, meu Deus. Perdão, meu pai.

Após contar dez grãos de um monte para outro, com dez pedidos de perdão, Ana subiu a escada:

– Apois, dona Rosa! Pidí pra sinhora catá u feijão i não pra lavá u feijão nas lágrima, muié. Assim, vai chorá té us osso dentro desta penera.

– U coração tá muído, dona Ana – respondeu Rosa, soluçando ainda mais forte.

– Pois num é hora di pidí perdão, minha fia. Si tem pecado, já tá perdoado. Agora é vida, é aligria. É hora di aligria, muita aligria. Menos hoje, menos amanhã essa criatura di Deus vai dá o grito. I tem qui sê ricibida cum aligria, não cum tristeza.

Rosa começou a agitar a peneira em círculos, derramando grãos de feijão que caíam nos seus pés e se espalhavam no piso de madeira.

– Mi dá essa pinera – pediu Ana. – Vamu fazê um chá i vamu amansá as ideia, dona Rosa.

A custo Ana conseguiu acalmar Rosa e acomodá-la mais cedo na cama, despedindo-se com um comentário que a deixou ainda mais perturbada:

– Logo logo o bichinho aponta a cabeça e entra nesse mundo di Deus, dona Rosa. É só mais um tempinho i pronto. Dispois é só avisá u mundo qui chegô mais uma arma. Mais uma arma no mundo. Mais uma arma é mais uma luizinha nu mundo.

Cabeça no travesseiro e mão direita espalmada na barriga, Rosa remoía a previsão da parteira e não conseguia dormir. Como olhar para a criança quando nascesse? E os olhos e a cara do "filho do pecado"? Como chegar com ele no colo perto do marido? E o batizado na frente de frei Cristiano? Os padrinhos com um afilhado no altar que não era de Antônio. Os rostos de Mamude e Antônio embaralhavam-se no escuro. O primeiro, com olhos verdes, testa larga, queixo pontiagudo e boca grande; o segundo, miúdo de corpo e feições, olhos pretos e boca pequena. Abriu os olhos tentando livrar-se deles, mas a escuridão a deixou tão apavorada que teve certeza de que a parteira escutava – e via – os seus pensamentos. "Ai, meu Deus, dona Ana tá veno tudo, tá escutano tudo." Fechou de novo os olhos e imaginou um desfecho impossível, ou melhor, uma história sem desfecho: uma gravidez sem fim, sem parto, sem nascimento de criança. "Si num nascê. Si saí do bucho sem ninguém vê." Ao pensar em aborto, soltou um grito esganiçado. "Ai, meu Deus! Cruiz im credo! Cruiz im credo, meu Deus!" Corpo úmido de suor, tentou dormir procurando uma posição confortável que não encontrou. Os pensamentos também não lhe deram trégua: continuaram a misturar traços da fisionomia do marido com os do mascate, ora pondo os olhos verdes de Mamude no rosto miúdo de Antonio, ora colando no mascate a minúscula boca do marido, para que ele não falasse mais "minha flor do Líbano". E antes que as imagens de ambos se fundissem, ela dormiu sem se importar com os pontapés do filho excitado pela agitação da mãe.

No dia seguinte, assim que Ana saiu para fazer mais um parto, Rosa começou a vagar pela casa, de um cômodo a outro, sem saber o que fazer. Com dificuldade, sentou-se na cama e distraiu-se olhando a barriga por um momento, até assustar-se com uma sequência de chutes e retomar o vaivém. Com a respiração ofegante, sentou-se no alpendre à espera de uma trégua dos pontapés; porém, eles continuaram ainda mais rápidos. Recomeçou a andar sem rumo e, ao passar do quarto a cozinha, parou perto da prateleira, abriu uma lata velha e pôs quatro cuias de arroz em casca no pilão. Pegou o monte-pilão e começou a socá-lo com tanta força que sentiu vibrar no ventre cada pancada, imaginando o rosto do filho ao desferir as batidas, como se a cabeça do feto fosse o alvo de cada golpe.

Ao aproximar-se da casa, Ana surpreendeu-se com as batidas do pilão – um ruído surdo, intercalado por estalos secos de madeira contra madeira. Parou no primeiro degrau da escada observando Rosa, que chorava e agitava os braços em golpes tão fortes que faziam tremer a pequena mesa da cozinha, ecoando pela casa. Desconcertada com os perigos daquele esforço exagerado, que poderia ser fatal para a criança, subiu depressa os degraus e tentou pegar o monte-pilão.

– Já chega, fia. É tarefa muito bruta. Deixa isso. Hora di discansá.

Ao esquivar-se num giro brusco, Rosa sentiu uma pontada na barriga e soltou um grito de dor, deixando cair o monte--pilão. Ana segurou-a pelo braço e a conduziu até o quarto.

– Carma, dona Rosa. Carma. Num méxi qui vô arrumá a cama, us travissero i prepará u qui percisa. Qui a hora tá chegano.

– Qui chegui i acabi cum esse castigo – gemeu Rosa, com dificuldade.

– Dona Rosa, pelo amô di Deus. Tira as ideia do disvio pra num ofendê a criança, fia di Deus. I reza, dona Rosa, sem margura. Reza i pedi proteção pra criança, pra sinhora i pra mim.

Com cuidado, Ana ajudou Rosa a deitar-se, apoiando com travesseiros o seu corpo trêmulo e molhado de suor. Preparou bacias, chaleiras e panelas com água para esquentar. Cada vez mais apressada, conferiu toalhas, lençóis, lenços, ataduras e a roupinha da criança de tecido rústico.

Em poucos minutos intensificaram-se as contrações e os gemidos de Rosa.

– Vai sê um homão – comentou Ana, tentando reanimar Rosa.

– Só peço a Deus o fim dessi sufrimento – respondeu Rosa, num gemido prolongado.

– Isso, minha fia, pensa neli. É Deus qui põe i dispõe di tudo.

As dores foram aumentando até que Rosa soltou um grito e logo ouviram o primeiro choro da criança.

– Graças a Deus, chora fio di Deus – gritou Ana, com alegria e alívio. – Grita bem arto pra limpá u purmão.

– É risada du satanáis! – gritou a mãe. – É risada du satanáis!

– Qui risada i qui satanáis! – gritou Ana levantando o bebê e aproximando-o da mãe. – É u choro du teu fio. Óia bem teu fio! É choro forti, com força di home, pra limpá o purmão.

— Num quero vê! – respondeu Rosa, fechando os olhos. – A risada du satanáis! Tira di pertu di mim.

— Óia u teu fio! – insistiu Ana, assustada com a reação de Rosa.

— Não! – retrucou Rosa, quase sem voz, perdendo as forças.

— Óia, Rosa. A vida, a tua vida. Óia u teu fio!

Rosa fechou os olhos exausta e nada mais respondeu. Ana levou o bebê até a bacia em cima da mesinha. E depois de prepará-lo, segurou-o com cuidado perto do peito da mãe para reanimá-la.

— Aí tua mãe, home – brincou Ana. – Óia qui fião, dona Rosa.

Entre cochilos, Ana passou a noite em vigília, cuidando da mãe e do filho acomodado num berço tosco, um caixote suspenso por quatro pedaços de caibro roliços, em que dezenas de recém-nascidos já haviam dormido suas primeiras noites. De manhã, deu outro banho na criança e a encostou no peito da mãe. Ao ouvir o primeiro resmungo do filho, Rosa começou a gritar com as mãos nos ouvidos, obrigando Ana a contorcer-se para evitar que ele caísse no chão.

— Cruiz, credo – gritou Rosa. – Óia a risada deli di novo.

— Indireita, muié – repreendeu Ana. – Indireita qui é o choro du teu fio, dum fio di Deus.

— I fio de Deus nasci rino feito o satanáis, dona Ana? Fio di Deus nasci sem chorá?

Alheia às repreensões da parteira, Rosa colava as mãos nos ouvidos e gritava cada vez que o filho chorava ou emitia qualquer som. "Óia a risada du satanáis! Óia a risada do satanáis." Nem mesmo a chegada de Mariana e Dolores, dias depois do parto, foi capaz de acalmá-la. Alertada pela parteira, a mãe passou-lhe severas descomposturas, ameaçando tirar-lhe a criança assim que a viu amamentar.

— Cala essa boca! — gritou Mariana. — Num fala essi nomi mardito qui puxa disgraça. Dá u peito i u leite i para di isconjurá. Na hora di deitá, deitô. Agora levanta i cria o fio. Mãe qui pragueja a cria num mereci essi presenti di Deus. Trata di tomá jeito qui essa criatura num tem curpa di nada i não tem qui padecê essas doidice.

— I quar vai sê a graça da criança, dona Mariana? — indagou Ana, tentando acalmar mãe e filha.

— Ah! Zé memu, dona Ana! — respondeu Mariana, impaciente. — Jusé. Vai sê u nomi di batismo. — E moderou o tom de voz ao lembrar-se das advertências de frei Cristiano e sua obrigação de proteger Rosa, o filho e toda a família. A indignação inicial com a caçula logo se transformou em tristeza e medo.

Na véspera da volta para a Curva do Cipó, Ana, Mariana e Dolores sentaram-se no alpendre para a última conversa.

— Deus mi perdoi, dona Ana, mais num pareci a fia qui dexei aqui — desabafou Mariana, amargurada. — Renegá a cria assim, nem bicho du mato...

— Num quero ponhá medo, dona Mariana — respondeu a parteira. — Qui partera é pra ajudá criança a nascê, eu sei. I não pra isparramá medo. Mais na minha vida de mais di mir partu já vi di quasi tudo, mais isso num vi, não sinhora. O ardô i a dor du parto té dá febri i mexi cum us miolo da mãe. Mais cum essi ispanto, nunca vi não sinhora. Iscutá a risada du satanáis nu choro da criança inocenti...

Mariana e Dolores ficaram ainda mais espantadas com as palavras da parteira, que se persignou completando:

– Cruiz in credo. Qui Deus reine pur nóis, pecador. Qui ele proteja a mãe i salvi u fio.

– Amém! – exclamaram Mariana e Dolores.

– Eli há di salvá, dona Ana – suspirou Mariana, lembrando-se das ordens para trazer a filha "de volta ao rebanho do Pai". – Ele vai dá força pra nóis pecadô. A missão há di sê cumprida.

Na manhã seguinte, as mulheres voltaram para a Curva do Cipó com a criança mas sem nenhuma alegria. A avó levava o neto no colo porque Rosa recusava qualquer contato com ele, exceto para amamentá-lo. Mesmo assim, bastava uma tosse ou um gemido do bebê que ela começava a gritar, fechando os olhos e tampando os ouvidos. Assim foi também no fim da viagem, logo que José pôs a boquinha no bico do peito da mãe e começou a choramingar e a mamar avidamente.

– Já tá rino di novo, já tá rino di novo – gritou Rosa, trancada no quarto de Mariana, que por cautela afastara as crianças e outras mulheres. – Cruiz im credo, pl'o amô di Deus!

– Qui rino qui nada, Rosa – zangou-se Mariana, tomando o neto nos braços. – U minino num podi nem tussí. I chorá faiz bem...

– Qui chorá, mãe! O dito chegô nu mundo dano risada, um risu di satanáis.

– Báti na boca, Rosa – gritou a mãe.

Mesmo depois de perceber que Rosa não a obedecia, Mariana não desistiu de repreendê-la. E deu ordens para que todos ficassem longe do berço de José, ao lado do velho catre onde antes dormiam as crianças ouvindo histórias de enganar a fome. Ela não queria que ninguém soubesse das reações da filha, que continuava cada vez mais agressiva. Por isso apenas Dolores podia acompanhá-la, tanto nos cuidados com José quanto no permanente controle da caçula. E, sozinhas, as duas trocavam confidências reticentes sobre as marcas que Mamude deixara na sua última passagem pela Curva do Cipó.

– Ela ganhô um fio i perdeu u juízo – murmurou Mariana.
– Num sei mais u qui fazê, meu Deus.
– Deus dá o caminho, mãe – respondeu Dolores, sem convicção, colocando a mão no ombro da mãe. – É perciso fé, mãe. Padre Cristiano num falô?
– Falô, fia – concordou Mariana, sem pensar no que dizia.
– Falô muita coisa...

Mariana não descuidava do neto nem mesmo de madrugada e somente o entregava à filha nas rápidas amamentações. E não demorou a perceber o quanto alguns traços de José lembravam Mamude. Sinais da traição ampliados pelo eco das advertências de frei Cristiano. E se alguém percebesse as semelhanças do neto com o mascate? Como esconder que o bebê não parecia com os primos? E quando os homens voltassem de suas colheitas? "Si u cumpadi Tonho cismá, meu Deus."

A inocente nudez do neto mais atormentava Mariana durante o banho por denunciar evidentes diferenças entre o bebê e os primos miúdos, de olhinhos pretos e pele cor de cuia. José já mostrava o corpo e os bracinhos mais fortes que os das crianças da sua idade. "Num paréci nascidu agora, meu

Deus. Pra fio de Olivera, o bichinho pareci tê quasi dois ano. Cumé qui vai misturá esse fióte graúdo côas criança miúda, meu Deus? É u mêmu qui juntá gato cum cachorro. I agora, meu Deus? I us óio du minino qui num abre?"

E Mariana estremeceu ao lembrar-se dos olhos esverdeados de Mamude.

7. Aqueles olhos que não se abrem

Ana ficara intrigada com a demora de José em abrir os olhos ao dar os primeiros banhos no seu "novo filho" mesmo sabendo que alguns recém-nascidos permanecem com eles fechados por mais de uma semana. E, feliz com mais um parto, que pôs fim a seus temores com as atitudes de Rosa, ela se divertiu imaginando uma explicação para a teimosia do bebê: medo de ver as caretas da mãe. "Abri u zóio. Óia pra eu. Aqui pra mãe. Ah! O bichinho tá cum medo dos grito da mãe, meu Deus? Tá no iscuro pra não vê as careta da mãe. Pódi oiá qui eu num façu careta." Na Curva do Cipó não foi diferente: ao passar das mãos da avó ao colo da mãe, José mantinha cerradas as pálpebras e nas raras vezes que ameaçou abri-las logo contraiu o rostinho com força. E para tristeza de Mariana, as reações da filha não se alteravam: sempre que recebia o filho nos braços, agitava-se e tremia de medo como se aquele corpinho frágil fosse agredi-la, fazer-lhe algum mal. Bastava o bebê tossir ou resmungar que ela punha as mãos abertas sobre as orelhas aos gritos.

Ao amamentar o filho, nas primeiras noites após chegar de Águas do Céu, Rosa acordou com seus gritos as mulheres e as crianças. Assim que o menino pôs a boca no peito da mãe, apoiada em dois travesseiros, ela jogou longe a coberta com um pontapé e sentou-se no catre, quase derrubando no chão a criança, que a avó apanhou no ar num verdadeiro malabarismo.

— Óia lá, mãe! — gritou arregalando os olhos para o filho. — Óia lá. Já tá rino di novo, já tá rino di novo. Cruiz im credo, p'lo amô di Deus!

— Qui rino qui nada, Rosa — zangou-se Mariana, aconchegando o neto nos braços. — Num repéti mais essa doidice qui u pádi ti iscumunga.

— Apois u danadu chegô nu mundo danu risada di satanáis. Essa risada aí, óia!

— Báti na boca, Rosinha — gritou Mariana. — Bençoa a criança, qui é fio di Deus. Vamu. Põe benção nu minino. I num fala mais u nomi du talecoisa.

— É a cara deli, é a cara du capeta! Tira daqui! Sai, satanáis!

Como não conseguiu conter Rosa, que só amamentava José sob ameaça, Mariana viu-se obrigada a cuidar dele como sua verdadeira mãe e resignou-se em ver a caçula, antes tão amorosa e alegre, reduzida a mera ama de leite do próprio filho. E apavorava-se ao lembrar-se das ameaças de frei Cristiano. "A senhora não pode deixar o satanás vencer de novo. Essa é a sua missão, sua obrigação perante Deus."

O rústico berço usado por todas as crianças nascidas na Curva do Cipó continuava junto à cama da avó, que ficava horas imaginando a cor dos olhos do neto, enquanto ele dormia ou agitava os bracinhos no ar. Certa manhã, curvou-se assustada sobre ele ao perceber no seu rostinho os traços de Mamude. "Meu Deus! Óia u nariz i a boca dele!" E num impulso, levantou-se sem tirar os olhos do menino, agarrando com as duas mãos a travessa roliça da cabeceira do berço. E assim permaneceu até que as pernas fraquejaram e ela caiu sentada no catre. "Meu Deus, é ele. Meu Deus, é a cara dele. I agora, meu Deus? É u turco. A testa, u nariz, u quexo... santo Deus. A Rosinha assusta purquê vê a cara du pai nas venta du fio. Ela vê o turco na cara do Zezinho." Fechou os olhos repetindo o Pai Nosso como se, por milagre, ao reabri-los pudesse encontrar no berço outro neto, de feições iguais às de todas as crianças da família, que em nada lembrasse o mascate. Enfim, um filho de Antônio e não de Mamude.

A algazarra das crianças no terreiro despertou Mariana do transe de suas orações. Não, nenhum milagre acontecera. Lá estava o mesmo neto: respiração ritmada a mexer de leve a ponta solta do cueiro, e, no rostinho o nariz reto, queixo pontiagudo, sobrancelhas bem pretas, completa miniatura de Mamude, a miniatura do "homão qui u talecoisa usô pra atentá Rosinha". E os olhos... ainda fechados. "I u zóio, meu Deus? I si fô dessa cor, meu Deus? Da cor di capim. Ninguém da famía tem zóio dessa cor. Tudos eli tem zóio preto. Agora ele tem qui abrí preu vê. Ai, meu Deus." Tomou a criança nos braços e balançou-a para que abrisse os olhos. Cada vez mais ansiosa, andou pelo quarto em busca de luz, mais claridade. E parou perto da janela, à espera de um olhar do bebê, das cores desconhecidas de seus olhos, da revelação do segredo que a atormentava. "I si eu abri cum a ponta du meu dedo?" José fez uma careta, contraindo ainda mais a carinha corada e espremendo os lábios. Ela sussurrou, com medo. "Vai, fio di Deus. Abri o zóio. Pur Deus. Óia a vó aqui. Mostra u zoinho pra vó, fio." Sem saber o que fazer, segurou o neto em diferentes posições repetindo o mesmo pedido quase chorando. "Mostra o zoinho pra vó. Pur Deus. Vai, minino." Ao perceber que a claridade o incomodava, foi até o berço, deu as costas para a janela e começou a soprar de leve o rosto do neto. E soprou até que ele sorriu, sorriu... e finalmente abriu os olhinhos, provocando outro choque na avó, que caiu de novo sentada no catre, estarrecida com o que viu: os olhos verdes do neto, os mesmos olhos de Mamude.

Trêmula, com o bebê no colo, Mariana observava o neto que sorria com os olhinhos esverdeados bem abertos, desejando a morte de Mamude. "Ai meu Deus. Qui castigo, meu pai. U zóio daqueli turco danado. U mardito tem qui morrê nus infernu pra pagá u pecadu. Turco mardito. Pão mardito." Logo voltaram as ameaças de frei Cristiano seguidas pelos lamentos de Rosa. "Fui fraca, mãi. Pequei, mãi. Mais u cheru du pão... i a fomi das criança... Eu sei, mãi. U qui tivé qui pagá eu pagu pur essi pecado. Mais a fomi dus miúdo, mãi..."

Mariana levantou-se com o neto no colo, perturbada por estar carregando o "fruto do pecado da filha caçula", como se aquele corpinho estivesse ligando-a, como cúmplice, à traição de Rosa e Mamude. Num movimento brusco, afastou de seu corpo o bebê e conferiu detidamente lábios, nariz, queixo, a pele muito clara, os olhos esverdeados. Nada lembrava os outros netos, mirradinhos e morenos.

A cada dia que passava com José, mais Mariana se preocupava em manter afastadas as crianças e as mulheres, permitindo apenas que Dolores a ajudasse. Enquanto embalava a criança ou velava seu sono no berço, pensava no que poderia acontecer quando Antônio e os homens voltassem, mesmo sabendo que eles nunca reparavam em nada. E quando ele crescesse e começasse a andar? "U dia qui ficá im pé, intão, vai parecê um hominho perto das ôtra criança, meu Deus. I u cumpádi Tonho tá pra vortá. Deus porteja i guarda."

Entre gritos e ataques de nervos, o leite de Rosa começou a secar, deixando Mariana ainda mais desorientada, pois não havia leite de vaca nas proximidades da Curva do Cipó. Depois de muitos dias de conversas com Dolores, ela decidiu que procurariam a ajuda de sua irmã Amélia, em Mirante da Serra.

– U minino tá ismagrecenu – lamentava Mariana, observando José no berço.

– Ele tem qui í pra tia Amelinha, loguin, mãe – sugeriu Dolores.

– Mais cumo, meu Deus, si a Rosa num pódi iscutá nem vê u minino di perto?

– Aqui u minino vai acabá morrenu di fomi – alertou Dolores.

– A Amélia num vai cuidá du mininu, fia – respondeu Mariana, irritando-se. – I a Rosinha? Cumé qui fica a Rosinha i u fio? Pur conta da Melinha, meu Deus? Vai sê uma disgraça.

– Disgraça si ficá no peito seco da Rosinha. Se ficá...

– Apois eu vô cum mais Rosinha i u minino.

– Vai, mãe. Vai queu vigio as coisa aqui.

– Ô, meu Deus! Cumu num tem ôtro jeito, tenhu qui í – concordou Mariana observando José que dormia no berço.

— Mais ucê vai mais nóis aminhã. Vai ajudá nu cumeçu. Dispois vorta pra cuidá das coisa. Aqui num tem u qui fazê. Suas cunhada óia as criança.

No dia seguinte as três amanheceram na estrada de Mirante da Serra — a avó na frente, com o neto no colo. Todas caladas como se acompanhassem um cortejo fúnebre. Alheia a tudo, Rosa nem sabia o motivo da inesperada viagem; Dolores se angustiava com a magreza do sobrinho, temendo que ele não resistisse à fome; e Mariana remoía dúvidas sobre qual seria a reação de Amélia, se acolheria Rosa e José. À medida que se distanciavam de casa, a preocupação da avó com o leite foi aos poucos cedendo lugar a uma vago alívio por estar levando o neto para longe antes que todos percebessem o quanto ele era diferente das outras crianças. Ao chegar à cidade imaginou que a casa da irmã seria uma saída para afastar o filho de Mamude da Curva do cipó, ao menos por algum tempo.

Uma semana depois os homens passaram pela Curva do Cipó, vindos de uma colheita e a caminho de outra, para deixar algum dinheiro. O nascimento de José e a ausência das três mulheres não impediram que eles partissem de novo no mesmo ônibus, uma velha jardineira fretada por safristas da região, em mais uma jornada de dois dias e duas noites até uma fazenda em que passariam três meses cortando cana. Como de costume eles chegaram calados e calados se foram.

A mamadeira trouxe o esperado alívio, afastando o filho das explosões da mãe, que também se viu livre das gargalhadas do satanás sugando seu peito seco. Dolores voltou sozinha para a Curva do Cipó porque Mariana, ao perceber que Rosa não iria mesmo obedecer ninguém, decidiu ficar na cidade até que José se acostumasse com Amélia e as filhas quase adolescentes. Em festa com o bebê, as duas meninas o receberam como um brinquedo para distrair-se de sua rotina de ajudantes da mãe, que lavava grandes quantidades de roupa, de domingo a domingo, desde que o marido morrera de doença de Chagas.

Com o fim dos problemas da alimentação do neto, as preocupações de Mariana concentraram-se em Rosa. Cada vez mais perturbada, ela falava e andava sem parar pela casa e pelo quintal, afastando-se ainda mais do filho. Mesmo sem amamentá-lo, continuava resmungando e correndo do menino, sempre nos braços de Mariana, de Amélia ou de uma das meninas. "Sai, satanáis! Óia a risada dele! Sai, satanáis! Óia o talecoisa!"

Mariana já se preparava para retornar à Curva do Cipó com a caçula, deixando José com Amélia, quando todos foram surpreendidos pelo desaparecimento de Rosa. Ela saíra de madrugada quando todos dormiam e não havia retornado até a hora do almoço. Mariana descontrolou-se, pois antes da viagem a Águas do Céu nunca saíra dos limites da Curva do Cipó.

– Carma – pedia Amélia. – Ela tá andano um pôco pra distraí. Logo vorta. Ela num é mais criança.

– Ela é mais qui criança – respondeu Mariana. – I piorô agora cum u fio... Só Deus... A cabeça virô i num vorta nem cum reza...

– Carma, irmã. Loguin ela vorta.

Ao final de três dias, uma velha perua amarela e branca parou na frente da casa de Amélia e dela saltou um policial gritando de longe para as mulheres e as meninas apinhadas na porta:

— Quem aqui é a mãe da louca? — Sem resposta, ele completou o golpe. — Ninguém aqui é a mãe da prisioneira? Quem vai lá pra identificar a louca?

— U sinhô vai discurpár, sô polícia — respondeu Amélia, adiantando-se. — Si fô a minha subrinha Rosa, num é lôca nem feiz nada pra ficá presa.

— Isso é na delegacia — respondeu o policial. — Vem alguém comigo, que é ordem do delegado. Um só.

Mariana desesperou-se. E foi inútil Amélia insistir para que ela ficasse com o neto em casa, a fim de evitar que visse a filha na prisão. O policial levou as duas à delegacia para confirmar a identidade daquela desconhecida que fora presa andando nua pelas ruas do centro, aos gritos de "Sai, satanáis! Sai, satanáis! Tira u demo daqui!" A faxineira da delegacia, vizinha de Amélia, é que informara o endereço da família ao reconhecer Rosa, descabelada e enrolada num lençol já quase desfeito em tiras, encolhida de cócoras no canto de uma cela.

As duas irmãs foram conduzidas à sala do delegado, onde estavam também um médico e o promotor público à espera de um parente que identificasse a prisioneira antes de transferi-la para o hospital psiquiátrico da cidade mais próxima. Em seguida, todos foram até a cela a fim de observar o comportamento de Rosa, que seria relatado no laudo pericial já iniciado pelo médico, com a recomendação de que ela fosse internada. O parecer do promotor, também favorável à transferência, relatava que a prisioneira cometera atentado ao pudor.

Rosa nem se moveu com a chegada do grupo. Permaneceu de cócoras no canto da cela, sem a mínima reação até mesmo à aproximação da mãe e da tia. E nada respondeu ao delegado, que indagou com insistência quem era ela, como se chamava, onde morava e quem eram seus pais. Continuou na mesma posição, voltada para o outro canto da cela, olhando o vazio. Mariana chorava em silêncio apertando o braço de Amélia. O médico deu um passo à frente e repetiu as perguntas de praxe para confirmar o diagnóstico:

– Quem é você, moça? Qual é o seu nome? Maria, Josefina, Madalena?

– Fia, respondi pelo amô di Deus! – pediu Mariana, chorando. – U dotô qué sabê. Fala u nome, Rosa. Pur amô di Deus.

Nenhuma resposta, nenhum movimento. Mariana implorou em vão que libertassem a filha.

– Dotô, tem piadade! Prumeto cuidá dela i nunca mais vai acontecê isso. Ela tá só disnortiada. Tá di fio novo.

O médico não se comoveu nem se convenceu. E Mariana fez a última tentativa de provocar uma reação da filha e convencer o delegado a liberá-la.

– Vamu pra casa, fia. U Zé tá ti esperanu pra mamá. U teu fio...

– Sai, satanáis! – gritou Rosa, de costas para a mãe, mantendo-se agachada. – Sai, satanáis! Tira ele daqui! Óia ele di novo. Lá vem u saco de pão. É pras criança. Pega u pão e toca u satanáis! Sai, satanáis!

Mariana saiu chorando da delegacia, amparada por Amélia, assim que o delegado a dispensou e comunicou que Rosa seria transferida para o hospital psiquiátrico no dia seguinte. Desconsolada e sem ânimo para retornar à Curva do Cipó, ela ficou na casa da irmã tentando distrair-se com o neto, já acostumado com Amélia e as filhas. E não parava de culpar-se por não ter protegido sua caçula e evitado que a levassem para o hospício, onde somente poderia visitá-la com autorização escrita a ser enviada à casa da irmã. Mas quando poderia rever a filha? E como voltar à Curva do Cipó sem a caçula? E o neto? Deixá-lo com a irmã ou levá-lo de volta, misturando-o com os primos e a irmã?

8. Longe, bem longe

De volta à Curva do Cipó, Mariana não parou de pensar no neto e na filha. Ao fim de algumas semanas, o fantasma de frei Cristiano ressurgia com ameaças e cobranças. Certa noite, ao rememorar o primeiro olhar do neto, no exato momento em que seus olhinhos verdes se abriram pela primeira vez, ela apertou com força o terço na mão direita ao imaginá-lo crescido correndo no terreiro com as outras crianças. Viu o menino tornar-se homem. Um homem idêntico a Mamude: alto, farta cabeleira, queixo grande, olhos verdes. Com o susto, sentou-se na cama e segurou o terço com as duas mãos. "Meu Deus. Meu Deus. É a cara du turco. É u turco guspido i iscarrado. Mi ajuda, Senhor." A salvação seria a história sobre a saúde de José, uma invencionice que lhe ocorrera quando foi com Amélia ao hospital de Mirante da Serra à procura de médico para o neto.

Na época, Amélia relutara em participar da trama de Mariana: manter José na cidade com uma desculpa de que ninguém desconfiaria: por ordem médica o menino teria que ficar na cidade, longe da poeira, ou crises agudas de alergia poderiam bloquear sua respiração e até matá-lo. As irmãs acertaram alguns detalhes do plano, que manteriam em segredo até Mariana decidir colocá-lo em prática, quando e como dariam a falsa notícia à família.

A ideia da alergia surgira na busca de atendimento de emergência a José, dias depois que Mariana e Amélia foram à delegacia reconhecer Rosa. Nos braços de sua jovem mãe, uma garotinha procurava ar desesperadamente, numa crise de asma que produzia sons semelhantes a apitos, atraindo a atenção dos outros doentes. A menina agitava os bracinhos tentando respirar, enquanto a mãe chorava em silêncio, à espera de atendimento.

– Calma, mãe – disse o médico, colocando a máscara de inalação no rosto da menina. – Já vai passar. É só uma crise passageira. Ela não pode com o pó, a poeira. É asma alérgica, alergia. Já expliquei antes, mãe. O nenê tem que ficar longe da poeira, entendeu? Pó é a morte pra ele. Entendeu, mãe? Morte.

– Sim, dotô – respondeu a mãe, observada atentamente por Mariana. – U dotô qué dizê qui ela num pódi vortá pra roça?

– Isso mesmo mãe. Não pode porque na roça tem poeira e poeira é um veneno para sua filha. Mas tem que protegê-la do pó na cidade também. Roça, então, nem pensar.

– Mais dotô, tudo qui tenho tá na roça. Minha vida tá na roça.

– A roça pode ser a sua vida, mas é a morte pra sua filha. O pó, a poeira... Não tem outra escolha pra sua filha: é vida ou morte.

A caminho de casa, Mariana pegou o neto dos braços da irmã, com uma expressão de alegria, apressando os passos e obrigando a irmã a acompanhá-la.

– Mi dá a criança, cumade. Deus mostrô u caminho, Deus mostrô u caminho..
– Qui caminho, irmã? Nóis tá ino pra casa. Essi é u caminho di casa.
– U caminho pra cumprí a obrigação. Graças a Deus!
– Mais qui caminho, irmã?
– U minino fica mais ocê! Num vorta pra Curva do Cipó.
– Cumigo? Já tem duas boca em casa pra cumê. I tamém u cumpadre João i u pai do minino num vai aceitá. U Tonho...
– Tem qui aceitá, pru bem do minino – prosseguiu Mariana, impositiva, alheia ao comentário de Amélia. – Apois ocê num iscutô u dotô? Tem qui ficá longi du pó. U purmão dele num pódi cum puera, cum pó.
– Apois, irmã! – reagiu Amélia, com estranheza. – U minino num tem nada nos purmão. Ele adueceu foi dus intistino. Essa duença é da minina qui tava no hospitar... u coitado num tem isso não.
– Apois agora tem – respondeu Mariana.
– É mintira, Deus me perdoa i sarvi! Até o minino tá choranu...
– Mais é pra sarvá u minino memu! Pra sarvá a caçula! Apois u pádi Cristiano mi mandô: tá nas tua mão sarvá a fia pecadora ô u satanáis vence di novo. Pra deixá u satanáis fora da Curva do Cipó, mintira num é mintira. É verdade, Melinha. Ocê escutô u dotô falá i avisá: u minino num pódi í na puera qui a guela fecha, o purmão intope. I eli morri. Ocê iscutô ô num iscutô, Melinha? Iscuta u choru deli... tem qui sarvá eli i a honra da Rosinha.

— Mais Mariana...

— Ocê ajuda ô num ajuda sarvá u minino i arredá u satanáis? A honra da Rosinha, Melinha, da minha Rosinha. A cara du minino é a cara du turco, irmã. A honra da minha Rosinha... A honra da famía... a arma da Rosinha...

As duas irmãs chegaram em casa sem concluir a discussão. Amélia tomou José dos braços de Mariana e apertou-o com força contra o peito.

— Tá bom, tá bom. Me dá essa arma inocente. Qui Deus perdoi nóis tudo. Deixa eli i vai. Seja u qui Deus quisé! Mais ele vai ficá apartado da irmã i dus primo da Curva do Cipó?

— Eu levo eli pra ficá uns dia cumigo di quando im vêis.

— Uns dia, Mariana?

— É, Amélia. Uns dia qui us home tivé fora.

— Mais u minino vai crescê sem vê u pai?

— Qui pai, Amélia? Qui pai, minha nossa. É pru pai qui num é pai num vê a criança. É vê u minino i perdê a cabeça! Aí satanáis vence di novo. É pra isso memo. Pra módi u cumpádi Tonho num vê i os ôtro num sabê qui é fio di otro pai. Vê si prega isso na idéia, muié. Num tá venu qui a criatura num tem nada du cumpádi Tonho? Zóio, nariz, boca, quexo. I u tamanhão do corpo du coitado... É a cara du turcu cuspida i iscarrada. É oiá a cara da criaturinha i vê a venta du pai, du mardito mascati.

Antes de voltar para a Curva do Cipó Mariana obrigou a irmã jurar que confirmaria a doença de José se alguém perguntasse sobre a saúde e a presença dele na sua casa. E disse que ficaria por conta de Deus a hora certa de pôr o plano em prática. Como agora o tal "siná di Deus" chegou em mais uma noite de dilemas, Mariana madrugou para ir a Mirante da Serra, ansiosa para avisar Amélia que ia contar a todos a triste notícia de que "puêra é venenu di morti" para os pulmões de José e por isso ele teria que continuar na cidade. No começo Amélia relutou em confirmar a história da doença. Mas Mariana insistiu.

– Prumessa é prumessa, Melinha – cobrou Mariana. – Cê lembra qui Deus mostrô u caminho. Apois nas reza di ónti eli deu sinar di novu. É pra módi a Rosinha...

– Mais Mariana...

– Prumeteu ajudá a sarvá a honra da minha Rosinha ô num prometeu? Sinão a Rosinha...

– Mais u minino tá fórti...

– Fórti longi du pó, Melinha. Já isqueceu? Ocê escutô u dotô falá i avisá: u minino num pódi í na puera qui a guela fecha, o purmão intopi. Um dedo di pó afoga u minino.

Amélia acabou cedendo à insistência de Mariana, que não encontrou dificuldade em convencer toda a família, em especial João e Antônio, de que José tinha que ficar longe da Curva do Cipó.

Ao fim de quase seis anos de espera, chegou a casa de Amélia uma carta do hospital psiquiátrico pedindo que dois parentes mais próximos de Rosa fossem visitá-la como parte do último esforço dos médicos para recuperá-la. Surgiu então uma dúvida: caberia à avó ou a Amélia, mãe de fato do menino, levá-lo ao encontro de Rosa? Superado o impasse, Mariana acompanhou José, com a esperança de encontrar a filha curada e levá-la de volta. Porém, tal como acontecera na prisão de Mirante da Serra, ela não os reconheceu nem esboçou qualquer reação à sua chegada. Permaneceu imóvel num banco de cimento no meio do pátio, entre outros internos, olhando fixo num ponto do muro. O menino encolhia-se enquanto a avó o empurrava para perto da mãe. Aterrorizado, José fechou os olhos, mas a avó o segurou diante dela, com uma ordem para os dois:

– Zé, toma a benção da tua mãe. Rosa, óia o teu fio. Põe benção nele, põe.

Rosa continuava sem nenhuma reação. José contraía as pálpebras, tentando resistir à pressão de Mariana que continuava a empurrá-lo para a mãe.

– Ábri u zóio, minino, gritou Mariana. – É tua mãe. Abri u zóio i pédi benção!

Aterrorizado, José contraiu ainda mais as pálpebras para não ver o rosto macilento da mãe. E com olhos fechados, imaginou estar num cenário de luzes e cores. Mariana levantou-o no ar e o forçou a abrir os olhos, apagando suas luzes imaginárias. Mas o pavor o fez recuperar as cores como escudo de emergência: mesmo com os olhos abertos, refugiou-se num cenário mágico. Pintou o vulto à sua frente e recobriu a cabeça e o rosto da mãe com o véu da virgem da igreja de Mirante da Serra, transformando aquela figura assustadora numa linda mulher de olhos brilhantes e faces rosadas que sorria em silêncio. Como uma santa.

O jogo de José desfez-se em poucos minutos, mas foi suficiente para protegê-lo durante o rápido encontro, sob a vigilância ostensiva de uma enfermeira e um guarda. Ao sair, ainda trêmulo, ele só conseguiu fazer uma pergunta, que ficou sem resposta:

– Vó, por que a mãe tá cega?

– Qui cega, minino? – respondeu Mariana, apertando com força a mão de José, para impedir outras perguntas. – Pára de mudage, minino.

Meses depois Amélia recebeu a informação de que Rosa havia morrido de pneumonia e fora enterrada num túmulo comum, com as despesas pagas pela prefeitura. Ela reuniu as filhas e José e pediu a Rita que lesse a carta do hospital. Sem chorar nem dizer nada, José imaginou de novo a mãe com olhos brilhantes e o rosto corado, transportada por uma nuvem até desaparecer.

Amélia tentou provocá-lo, para que ele desabafasse e todos pudessem consolá-lo e reanimá-lo.

– Intendeu a carta, Zé?

Triste, José respondeu com outra pergunta:

– Agora a sinhora é a minha mãe, tia Amélia?

– Não, fio. Mãe só tem uma. Eu sô tia.

– E a vó Mariana?

– Vó é vó, tia é tia, mãe é mãe, fio. Tua mãe era a Rosinha. Agora ela tá nu céu i nóis tamu aqui. Logo ucê vai vê seus primu na Curva du Cipó i isquéci as tristeza. A Rita vai mais ucê.

– Mais eu num tô duente, tia? A vó falou. O pó pode me matá, num pode?

Amélia ficou embaraçada, mas confirmou a doença:

— Ah! É só uns dia. Agora tem poco pó na Curva do Cipó. Dispois ocê vorta. Ô num qué vortá pra cá?

— Quero sim, tia. E si a vó Mariana num quiser, a sinhora vai ser minha mãe? Pra mim a sinhora já é minha mãe.

Amélia concordou, entre palmas e vivas das primas.

— Viva! Ganhamos um irmão! O Zé é nosso irmão! O Zé é nosso irmão!

Mariana esperou a véspera de uma viagem dos homens para contar a Antônio que Rosa havia morrido. A reação dele foi a mesma que tivera, anos antes, ao saber que uma gravidez complicada obrigara a mulher procurar os cuidados de uma parteira em Águas do Céu: nenhuma palavra, nenhum gesto. Em pé no terreiro, ele mordeu o cigarro de palha apagado no canto direito da boca, observado pela sogra à sua frente. De longe, João gritou um "bamo imbora" arrastado e rouco, convocando todos para mais uma colheita. Sem nada responder nem se despedir, Antônio virou as costas e saiu cabisbaixo até desaparecer com os outros homens.

9. Zé não!

Sentados na grande pedra do terreiro, Mariana e José descansavam em silêncio, sob o escaldante sol da tarde. Ela distraía-se olhando a sombra de uma árvore seca que acabava de cobrir seus pés descalços, quando um pio de pássaro despertou-a de seu enlevo e assustou o neto, pouco acostumado aos ruídos da Curva do Cipó.

– Meu fio, quar é sua graça? – perguntou em tom de brincadeira, tentando aproximar-se do neto, que chegara na véspera de Mirante da Serra para alguns dias de férias.

– Sinhora, vó? – gaguejou José, surpreso. – Oito anos... tenho oito anos, vó.

– Ah! Minino. A idade eu sei. U nomi, fio, quar u nomi du fio?

– Zé, vó – respondeu o menino, sorrindo sem graça.

– Zé, não, fio! – gritou a avó, levantando-se e agitando os braços, como duas hélices.

– Mais vó, num é...

– Não, não! Nada disso. Ocê não! – repetiu Mariana, dando pequenas voltas diante do neto. Sua minúscula figura, magra, pouco mais de um metro e meio, parecia crescer aos olhos de José, envolta na pequena nuvem vermelha que formou ao arrastar os pés na poeira, rodopiando como se estivesse tomada por alguma força desconhecida. – Nunca! – gritou mais alto e parou na frente do neto. – Tudo aqui é Zé, mais ocê não. Ocê num é Zé!

– Mais vó...

– Ocê não, ocê num vai sê Zé! – gritou Mariana. – Ocê vai sê dotô Olivera. O-li-ve-ra. Do-tô O-li-ve-ra. Fala di novu! Repéti cum a vó.

– Do-tô O-li-ve-ra – soletrou José tão fraco que a avó ficou ainda mais nervosa.

– U quê? Num iscutei nada. Assim não. É cum força, cum vontade, fio – insistiu Mariana, obrigando José a repetir várias vezes, até pronunciar o próprio nome com firmeza. Mas como ainda vacilava em "doutor", ela continuou esbravejando. – Dotô! Dotô! Infia issu na cabeça. O-li-ve-ra, do-tô O-li-ve-ra, cum força, cum corage. Sem medo, fio. Dotô Olivera sem medo di nada dessi mundo di Deus. Mais uma veiz. Mais uma veiz.

Com medo, José recitou o nome com monotonia de ladainha. Ainda insatisfeita, Mariana ordenou que ele escrevesse no caderno que, a pedido da avó, trouxera de Mirante da Serra para mostrar à família que estava mesmo na escola.

– Agora, nu caderno – exigiu a avó, pondo o lápis na mão do menino. – Vamu, minino. Num sabi iscrevê u nomi?

– Sei, vó.

– Põe logo aí, im letra bem graúda, bem na cara do caderno. Pra num isquecê mais nunca, fio. Aondi fô nessi mundo tem qui lembrá isso. Põe logo aí na cara du caderno.

– Aonde, vó?

– Aqui – respondeu Mariana, pondo o indicador na capa do caderno. – Na cara do caderno. Jusé Olivera da Sirva, dotô Olivera.

José ajeitou-se, segurou o lápis e juntou os joelhos para apoiar o caderno. Trêmulo, escreveu o nome completo sob o olhar atento da avó – sem o doutor.

– Aqui, no Cipó, quarqué um pódi sê Zé – insistiu Mariana. – Home ô muleque. Mais ucê, não. Ucê é dotô Olivera. Zé u cê num vai sê. Amarra bem issu na idéia.

Assim que acabou de desenhar doutor na capa do caderno, José olhou para a avó como se acabasse de aprender o seu nome completo: doutor José Oliveira da Silva. Mas na escola ele era o Zé da Curva do Cipó.

– Gruda isso na ideia, minino: num sô Zé, sô dotô Olivera – insistiu Mariana. – Dotô Olivera. Intendeu, fio? – Sem esperar resposta, como se fosse agredi-lo, chegou ainda mais perto dele, olhando à sua volta para ter certeza de que não seria ouvida por mais ninguém. – Qué passá a vida presu no cabo da inxada? Qué morrê interrado na Curva do Cipó? Si num mi iscutá, logo vorta pra cá i num sai mais dessa miséria. I nunca mais vai na iscola em Mirante da Serra.

Encolhido na pedra, José olhava para a avó sem nada responder.

– Apois si num amarrá isso na ideia, num vô tê jeito di falá qui ocê é u Olivera cum cabeça pra trocá inxada pur escola. I podê continuá na sua tia Amélia. Corage pra infrentá a cidade. Intendeu, dotô Olivera? Corage, força. Sinão cumo é qui vô pidí prus home juntá u qui tem i u qui num tem pra pagá o teu istudo? Ô qué vortá pra Curva do Cipó i virá burro di carga? Qué sê burro di carga quandu crescê? Qué?

— Não, vó — respondeu José, hesitante.

Não satisfeita, Mariana estacou diante do neto, abriu os braços em cruz e juntou as mãos espalmadas como se fosse iniciar uma oração. Depois de momentos de tenso silêncio encarando o neto bem de perto, repetiu a cobrança:

— Vô falá a úrtima veiz. Corage, intendeu? Corage, dotô Olivera. Intendeu?

— Entendi, sim, vó — gaguejou José, sem saber ao certo o que a avó dizia.

— Dotô Olivera, pra cuidá da vó, du vô, da famía intera. Viu?

— Vi, vó — concordou José, com dificuldade.

— Agora apruveita esses dia qui vai ficá aqui i vê si insina arguma coisa pra tua irmã. Só iscrevê u nomi. Ah! I umas continha di pô i di tirá. Sem priguiça, hein, purque a Lena num vai pra iscola.

— Sim, vó. Eu ensino.

— Ah! I nada di briga cum tua prima Rita, purque é só ela qui guenta tuas doidices.

— Sim, vó.

Mariana entrou no seu casebre, deixando José no banco de pedra com o caderno no colo, e continuou a remendar roupas velhas e a urdir futuros para o neto. No início, as duas noras ressentiram-se das preferências da sogra pelo filho da caçula, mas com a morte de Rosa passaram a considerar os privilégios de José uma compensação, um consolo por sua orfandade.

Assim como enfrentara resistências de Amélia sobre a falsa "duença do purmão", Mariana sabia que teria dificuldades para convencer o marido de que o destino do neto seria estudar com a ajuda da famíla, "pur graça i vontadi di Deus i pra módi a puera num matá u mininu" em serviços na roça. Continuaria fazendo de tudo para manter longe da Curva do Cipó o fiho de Rosa e Mamude, cujas diferenças com as outras crianças se acentuavam a cada dia.

10. "Brancão di zóio di vidro"

José nunca se esqueceria do estranho batismo da avó, aos gritos de que ele não seria mais um Zé da Curva do Cipó, mas teria que "virá u dotô Olivera". Porém, aquela não foi a única ordem que recebeu de Mariana sem entender o que ela queria exatamente. Dias depois ela o surpreendeu com uma proibição: ele não voltaria mais ali se não sarasse do "mar do purmão", embora ninguém ainda tivesse visto uma só crise que confirmasse a versão da ordem médica. "U dotô avisô qui u pó da roça mata o minino".

Na véspera da volta de José para Mirante da Serra, o acaso socorreu Mariana, quando ela repetia de novo sua ladainha do doutor Oliveira. Ao ver o neto com uma crise de tosse com a poeira que ela mesma levantava em seus rodopios, acelerou os passos ao mesmo tempo que gritava por ajuda com a intenção de mostrar a todos uma prova do tal "mar do purmão".

– Dolor, acódi aqui – gritou Mariana. – Traiz água. U José tá morreno. Traiz água, Dolor. Acódi aqui, criançada. Água pru minino!

Logo Dolores chegou correndo com uma caneca, seguida por outras mulheres e todas as crianças, que se aglomeraram ao redor de José. Com os olhos arregalados, mais de susto que por falta de ar, ele bebeu a água de uma só vez.

— Fica longi, fica longi — ordenou Mariana. — É us purmão, a farta di ar. U dotô avisô...

Para alívio geral, José parou de tossir, olhou assustado à sua volta e teve um ataque de choro que deixou os primos e as tias ainda mais espantados. Mariana ficou satisfeita por ter mostrado prova da doença do neto.

— Graças a Deus! Dessa veiz deu pra acudí. U minino num podi cum pó. U dotô mandô dexá ele longi du pó. Tem qui í loguinho pra cidade i ficá lá. Cansei di avisá i disavisá. É morti certa. I quem paga a Deus a morte dum fióti dessi? Num queru essa cruiz pra ninguém. Pra morrê u minino num vórta aqui. Só vem si u dotô dexá.

No dia seguinte Mariana levou José de volta a Mirante da Serra. A caminho da cidade, ora cobrava coragem do doutor Oliveira, ora repetia mentalmente pedidos de perdão: "Bençoada poera vermeia. Qui Deus perdoe. A mintira é p'la honra da minha Rosinha. Bençoada poera vermeia. Deus sarvi minha arma, qui é pru bem du minino."

Ao aproximar-se da cidade, Mariana ainda insistia para o neto "fincá o zóio no livro pra não ficá cum braço amarrado na inxada".

— Qué vivê interrado na Curva do Cipó? Si num mi iscutá, vorta logo pra lá i num sai mais da miséria. É isso qui ocê qué?

Depois de prolongado silêncio, José tentou fazer uma pergunta:

— Vó...

— U quê, minino?

— Mais eu num tô doente, vó? — arriscou José com voz tão fraca que Mariana não entendeu a pergunta.

– Põe força na pregunta, minino.
– A sinhora num falô que o pó me mata? – insistiu José. – Eu vou mesmo pra Curva do Cipó se não estudar? E o pó?...
– Ah! Minino – exclamou Mariana, apressando o passo. – I vai matá. Si ocê num fincá o zóio no livro, morre na Curva do Cipó. Cum duença ô sem doença. Põe isso na ideia.

A resposta à única pergunta que arriscou sobre sua doença invisível e o futuro não menos invisível em nada contribuiu para esclarecer a dúvida de José, mas aumentou sua submissão às ordens de Mariana. Passou então a fazer de tudo para agradá-la, para mostrar sua "queda pra sê dotô".

De volta à Curva do Cipó, todos os mandos e desmandos de Mariana continuaram guiados pelo único propósito de cumprir a qualquer custo as ordens de frei Cristiano. Apenas em raras ocasiões ela chegou a comparar o plano de seu "dotô Olivera" às histórias de enganar a fome e quase o abandonou. Mas não demorava a pedir perdão em silêncio e a exigir obediência de toda família, empenhada em proteger a honra da caçula, mantendo o filho de Mamude na casa da irmã. "Cum eli na Melinha, o talecoisa num vem reiná na Curva do Cipó."

Com o passar dos anos, Mariana viu-se obrigada a diminuir o rigor dos falsos cuidados com o pulmão de José, já adolescente. E permitiu que ele reencontrasse em rápidas férias a irmã e os primos da roça, de preferência quando os homens estavam fora, "pra num crescê feito pranta sem raiz". Por isso teria que convencer com urgência o marido sobre a queda do menino pelo estudo e o esforço da família para ajudar "um fio di pobre virá dotô".

João descansava sentado na pedra ao lado de Mariana quando viu de relance os netos correrem aos gritos atrás de José, bem mais alto que os primos. Como ele não acompanhava o crescimento das crianças e poucas vezes suas passagens pela Curva do Cipó coincidiam com as férias de José, estranhou o tamanho do "neto da cidade", já no vigor de seus doze anos. E comparou o menino, alto, forte e claro, rodeado pelos outros netos – miúdos, mirrados e morenos –, a um filhote de chupim, enorme e gordo, a piar pelo terreiro pedindo comida e cuidados a um minúsculo tico-tico, como se ele fosse seu pai ou sua mãe. No campo, essa engraçada história de pássaros é usada para apelidar de chupim aqueles que vivem sob a proteção e exploram parentes ou amigos mesmo depois de adultos. Matreira, a grande fêmea do chupim bota seu ovo no ninho do minúsculo tico-tico, que o choca como seu e depois cria e alimenta também como seu o filho da impostora. Assim, a vítima passa meses alimentando o jovem intruso, várias vezes maior que a falsa mãe. A pândega de pios chorosos do enorme marmanjo, em perseguição à minúscula mãe postiça, fazia a alegria da criançada da Curva do Cipó principalmente no inverno.

– Num vô sê ticu-ticu di chupim ninhum! – disse João, levantando-se ao ver passar José com um vidro cheio de insetos perseguido pelos primos, que gritavam seu apelido – "brancão du zóio di vidro".

– Quê isso, home? – surpreendeu-se Mariana com os gritos do marido.

– É u qui dá ficá na cidade. Tá feito fiote di chupim qui corri atráis do ticu-ticu pidino cumida. Essa lenga-lenga di istudo só servi pra istragá u muleque. U danado tá cevado feito porco na ingorda. Óia só u tanto qui tá maió qui os otro. Até o zóio tá da cor di capim di tanta priguiça. Hômi da Curva num vai virá ticu-ticu ingordano feito chupim na cidade. Essi bicho tem é qui vim pegá força nu cabu da inxada.

– U dotô falô qui a tar da alergia mata – respondeu Mariana, com medo de que o marido percebesse as semelhanças do neto com Mamude, que ele vira poucas vezes. – Esqueceu, João? Qui ele tem qui ficá cum a Amélia na cidade? Longi du pó...

– Sombra i priguiça virô remédio agora, muié? Cabu di inxada é qui cura moleza.

– Num chega u minino num tê mãe i u avô agora vira capataiz do coidadim? Si u dotô sabi u qui fala, tem qui fazê u qui ele manda. Dispois di mortu ocê guenta essi pecado? Guenta o pecado di levá u neto pra cova pur capricho?

– Iscola é pra iscapá do eito, fugí do sirviço di home – irritou-se João. – Si os otro vai atráis, num vai sobrá ninguém na Curva do Cipó. Quem vai tomá conta disso aqui? U talecoisa?

– Cruiz in credo. Carma, véio. Cabeça quente é feito fórfo: pega fogo i queima. Tem us otro, num vai fartá braço nem cabeça. Num dianta trazê u bichin pra cá pra pô ele na cova.

– Pra que essa amolação cum o minino? A Rosinha tá morta memu...

Mariana usou o comentário sobre a filha para convencê-lo com outra invenção que lhe ocorreu, como nos velhos tempos em que as filhas ainda não tinham aprendido a criar histórias para enganar a fome das crianças.

— É pois prumessa pra nossa Rosinha, João — insistiu Mariana tentando culpar o marido por esquecer uma dívida com a caçula. — Num alembra, homi? Qui miolo moli, Deus du céu. Qui pai pra isquecê prumessa da coitada da caçula, homi?
— Qui prumessa, muié? Pois a Rosinha já tava cum miolo moli...
— Qui u caçula dela ia sê istudadu, meu véiu — continuou Mariana, fingindo entusiasmo com a falsa promessa. — Ela mi pidiu, véio, cum u fio de treis dia nus braçu. Chorava i pidia qui eu jurassi pur Deus nossu sinhô. I eu jurei, véiu. Eu jurei pur Deus nossu sinhô. I tá jurado! I ocê pois juramentu tomém! Ucê jurô, hômi, i apois palavra cum palavra nu juramento!
— Um Olivera dotô, muié?! — exconjurou João. — Cria tento! Us braço num tá fazenu nem pra boca, pra pô cumida na panela. Vai ingordá chupim cum suó da cara. I u bucho da fiotada, fica no oco?
— Ocê vai vê. U minino num vai sê um Zé, um Zé iguar us otro.
— Vai ficá pió qui us otro, se ficá na sombra da cidadi. Dibaxo das tua asa i da tua irmã...
— Vai sabê falá. Iscrevê i falá. I cuidá das duença da famía, véiu.
— Mais cum qui dinhero?
— É amarrá us braçu du minino nu cabo da inxada i ele morrê dus purmão, véiu. U dotô disse i redisse. Si ele morrê pur tua mão, num vai tê perdão, homi. Essa é a paga da prumessa da nossa Rosinha? Nóis feiz prumessa pra criá i não pra matá u mininu.

– Trabaiá é vergonha, agora? Pegá na inxada, pegá no eito?... Essa idéia, dondé qui tirô?

– Num é vergonha, véio. U purmão du minino num guenta u pó, tarefa nu mato. Puera. O dotô deu o aviso. Tá tudo avisadu.

– I a genti num é genti? É bicho?

– Num é isso.

– Mais u fio da Rosinha tem qui pegá u rumo... a dureza da vida...

– Amarrado na inxada, in pôco tempo vai pra cova. U purmão num guenta, véio! Qui teima! U mininu vira dotô ô vira pó. A prumessa pra Rosinha num morro sem pagá!

A discussão não teve fim. E João viajou para mais uma colheita, contrariado com Mariana, mas acabou cedendo como sempre.

– Vou ser doutor pra curar a vovó, pra curar o vovô – repetia José para satisfação de Mariana e diversão dos primos.

– Vou ser o doutor Oliveira.

– Olha só o danadinho – exclamava orgulhosa Mariana, para a neta Maria, filha de Dolores.

– Ele tá furano u zóio du coitadu do sabiá, vó – reclamava a neta. – A sinhora num vai fazê nada?

– Carma, u danadinho tem faro di dotô. Ele qué vê u zóio pur dentru. É assim qui us dotô faiz nu corpu da genti. Ele tem qui sê dotô, fia.

– Vó!! U coitado do passarinho tem qui pená na mão dessi muleque? A sinhora...

– Vai sê dotô, um grande dotô – repetia Mariana, espiando José pela fresta mais larga da porta do seu casebre.

— U qui a sinhora tá veno, vó?
— Ele tiranu as asa da barbuleta amarela.
— Ai, vó! Qui ruindade...
— Agora ele pegô u lova-deus, com as mãozinha postas..
— Vó, pelo amor de Deus! Num dexa ele matá u coitado!
— É um dotô... arrancô uma mãozinha, dispois a ôtra...
— Vó, qui médico arranca u braço dos otro?
— É um dotô.
— Só si fô u dotô talecoisa.
— U zóio du lova-deus na ponta du gravetu.
— Credo, vó. Arrancô o zóio do coitadin?
— É. Pra sabê cumo é... pra istudá...
— Vó, loguin vai rancá u zóio di gente i a sinhora vai achá certo... Sabe u qui é vivê sem vê, vó?
— Apois nu ditado tá dito i ripitido: u qui ardi cura, u qui aperta sigura. I pra vê pru dentro tem qui virá du avesso.

Afinal, Mariana venceu todas as resistências do marido e da família: o "brancão di zóio de vidro" continuaria longe da Curva do Cipó. Para não morrer e não provocar "nova vitória de satanás" por sua semelhança com Mamude.

11. O sonho e as mãos

Ao iniciar a primeira aula sobre teoria dos conjuntos, o professor de matemática do colégio de Mirante da Serra escreveu no quadro negro o símbolo Ø. E, como de hábito, antes de ensinar qualquer matéria nova, começou a andar entre as carteiras com passos lentos e gestos teatrais, para atrair a atenção e estimular a imaginação dos alunos. Alternando perguntas e exclamações, repetia duas palavras desafiadoras em diferentes entonações:
– Conjunto vazio? Conjunto vazio... Conjunto vazio!

Assim que os alunos despertaram de sua sonolência, o mestre parou ao lado do enigmático símbolo Ø na lousa e partiu para indagações também enigmáticas, fiel à maiêutica, o método partejador de idéias de Sócrates, seu filósofo predileto.
– Dúvida, dúvida, dúvida. O que é? (pausa) O que será? (pausa) O que seria? (pausa) Conjunto vazio. (pausa) Conjunto vazio. O que será? Pensem, pensem, pensem. O que será conjunto vazio?

Os alunos da primeira fila entreolharam-se com um sorriso malicioso enquanto o professor continuava a levitar com suas interrogações no fundo da sala. Ao segundo sinal, os colegas mais próximos voltaram-se para José, sentado na segunda

fileira, preparando-se para improvisar mais uma de suas brincadeiras: atacar sua vítima preferida – o Zé do Cipó.
– O que é, meus amigos? (pausa) Simples: (pausa) trata-se de um conjunto vazio. Conjunto (pausa) vazio (pausa). Repitam: con-jun-to va-zio!
– Con-jun-to va-zio! – repetiu a classe num coro ruidoso que, todos sabiam, fazia feliz o professor como sinal de interesse pelos segredos da matemática.

Num gesto de maestro a conduzir sua orquestra, o professor elevou a mão direita, exibindo como batuta um giz entre o indicador e o polegar. E ao alarido se sucedeu o mais absoluto silêncio, logo iluminado pela voz emocionada do mestre:
– Pois bem. Conjunto vazio! Quero um exemplo de conjunto vazio.

Silêncio.
– Vamos, pensem. (pausa) Pensem. (pausa) Um exemplo de conjunto vazio.

Os alunos da primeira fila leram três palavras escritas numa folha avulsa de caderno exibida por um deles, entreolharam-se e em seguida explodiram num coro esganiçado:
– Curva do Cipó! Curva do Cipó! Curva do cipó!

O mais matreiro deles levantou a mão e completou a resposta, observado à distância pelo professor com ar de interrogação:
– Curva do Cipó, professor, é um conjunto vazio. A terra do Zé do Cipó, professor, é um conjunto vazio. A terra do Zé do Cipó, professor. A Curva do Cipó! Um conjunto vazio.

Como de costume, José limitou-se a dar gargalhadas, enquanto o professor, elevado às alturas de sua teoria dos conjuntos, nada mais escutou do que dizia a brigada de frente. E, mais uma vez Zé do Cipó participava de uma galhofa para ridicularizá-lo, como se estivessem zombando de outra pessoa, um estranho qualquer. No íntimo, porém, sentia-se humilhado.

Fim de ano letivo, conclusão do curso científico. Com a mesma displicência das brincadeiras nos recreios, José fez o exame final da terceira série do colegial, última oportunidade para atingir a média anual e finalmente fazer o vestibular de medicina em Belo Horizonte, como sonhado e repetido durante anos pela avó, que contara com a intervenção providencial de frei Cristiano para convencer João sobre seu plano e, assim, ajudá-la na missão de manter o neto longe da família.

– P'lo amor di Deus, José, essi dinhero tem chero di suór i di cabo di inxada – disse chorando a avó, ao despedir-se do neto na casa de Amélia. – I tamém da ajuda de Deus pela mão santa de frei Cristiano.

– Fica sossegada, vó. É fazer o vestibular e passar. Não tem erro. Lembra que a senhora me mandou escrever na capa do caderno doutor José Oliveira? Então, pode escrever na sua cabeça, vó: passo no primeiro vestibular e daqui a cinco anos volto com o diploma de médico, vó. O diploma de doutor Oliveira.

– Qui Deus ti proteja, fio.

Despedida. Futuro incerto. Emoções estranhas. E José quase chorou ao sentar-se no ônibus para Belo Horizonte. Na viagem, não parou de pensar na promessa de não jogar fora o dinheiro com cheiro de suor e cabo de enxada dos homens da

Curva do Cipó. E teve medo. Muito medo. Medo do desconhecido. Do fim da viagem.

José errou na previsão e falhou na promessa: foi reprovado nos dois primeiros vestibulares de fim de ano. Mas não tirou o sossego da avó: assim que soube do resultado, escreveu uma carta à prima Rita informando que tinha sido aprovado e divagando sobre o desejo de cuidar de todos os moradores da Curva do Cipó. E também da tia Amélia e das duas primas. Narrou detalhes do trote, das aulas iniciais e da rotina dos primeiros dias na faculdade. Por fim, prometeu fazer o parto do primeiro filho da prima. "Leia a carta pra vovó", recomendou, imaginando todos reunidos para ouvir o relato de suas façanhas. E enfeitou sua história, citando nome de todos os parentes, para agradá-los e justificar o dinheiro enviado a cada mês, em magros cheques providenciados por Rita.

Logo depois da primeira reprovação, ao invés de passar pelo trote de calouros, José foi submetido a um desconcertante teste para ser admitido numa república, a agitada Stupindainácia, que abrigava dez estudantes de várias regiões de Minas. Entre eles havia três veteranos de medicina que comandaram a iniciação de mais um intrépido republicano: o Zé do Cipó, ou melhor, o futuro doutor José Oliveira da Silva. Ou ainda...

O exótico ritual aconteceu numa noite de sábado. Vários estudantes jogavam baralho e bebiam na grande sala que se comunicava com quatro quartos, cozinha, banheiro e o alpendre da entrada em cuja parede brilhava numa pequena vitrine o símbolo da república: um pedaço de corda bem grossa em forma de estopim colado a uma bomba de efeito moral usada na repressão a movimentos estudantis, que fora resgatada durante uma passeata. Ao sinal de um deles, desligaram a energia elétrica e José foi orientado a ir até o quarto dos estudantes de medicina e lá pegar um pacote de velas.

– Mas eu não sei o caminho nem onde estão as velas – protestou José.

– Vai em frente que não tem nada pra você tropeçar. A vela está na mesinha de cabeceira.

No escuro, todos esperavam a reação de José, que não demorou: assim que esbarrou num esqueleto completo, de resina, estrategicamente pendurado no meio do quarto, produzindo um ruído seco, a energia foi religada e ele disparou aos gritos de volta à sala, onde foi saudado por um apupo estrondoso e uma frenética salva de palmas. "Viva, nosso médico valente! Bravo! O médico que apavorou o esqueleto. O mágico que ressuscita cadáveres!"

Em meio à algazarra, o mais velho dos estudantes de medicina assumiu o comando da iniciação e determinou que retirassem da mesa todos os baralhos, cinzeiros e grãos de feijão usados nos jogos de canastra e de buraco. Em seguida, estenderam uma toalha, dando sequência à recepção ao novo republicano: macarronada com frango. Dispostos pratos e travessas, o mestre de cerimônias deu prosseguimento à solenidade convidando José para acomodar-se numa das pontas da mesa e sentou-se na outra extremidade, para fazer a saudação de praxe, sempre acompanhado por palmas e apupos.

— Pois bem, caríssimos confrades, antes de saborear nosso banquete, brindando nossos papilos gustativos com prazeres jamais imaginados pelos mais devassos glutões da antiga Roma ou pelos adolescentes mais promíscuos na busca do nécar do sexo, aqui estamos para receber e recepcionar mais um valente republicano da Stupindainácia. É uma honra participar da iniciação de mais um futuro discípulo de Hipócrates. Convido então (pausa) – bom, como é que se fala mesmo? (pausa) – bom, peço que todos se sentem (do verbo sentar e não do verbo sentir) – em seus lugares, ao redor dessa távola histórica, que não é távola redonda do Rei Arthur, porque como todos podem ver – ao menos aqueles que não estão totalmente embriagados –, esta é uma mesa retangualar coberta de flores falsas e bêbados verdadeiros. Bem, invocando Hipócrates e hipócritas, como simbólica homenagem ao novo republicano, peço que ele aceite esse jaleco.

Sob aplausos, José vestiu o avental sem abotoá-lo nem ajeitá-lo no corpo. O condutor da solenidade pediu que ele se compusesse e abotoasse "a veste solene do futuro discípulo de Hipócrates". E continuou seu discurso, irônico e grandiloquente.

— Agora, senhores, peço-lhes que se sentem, com exceção do novo republicano – recomendou o mestre de cerimônias elevando a excitação da platéia, à espera do clímax, do desfecho conhecido de todos. – Como das vestes fazem parte os instrumentos básicos do médico para salvar vidas e vencer a morte, aplacar o desespero e acender esperanças, como o estetoscópio etcétera, não poderíamos esquecer desses equipamentos! – Aplausos e vivas. – Então, peço que, com toda a força de seu ideal, com toda a energia de sua vocação para a medicina, o novo republicano retire, com as duas mãos, dos dois bolsos de suas vestes sagradas, os sagrados instrumentos de esculápio, também conhecido como facultativo. – Aplausos e vivas. – Mas, senhores, por favor. Não maculem esse momento como uma caterva qualquer. Então, nobre futuro republicano, concentre-se, concentre-se... e com as duas mãos e com com todas suas forças republicanas retire os sagrados instrumentos de esculápio e levante-os como troféus da sua iniciação. Os troféus do mais novo republicano da gloriosa Stupindainácia, de nosso futuro discípulo de Hipócrates.

Silêncio. Suspense. Hesitante, José respirou fundo, olhou demoradamente para o comandante e num golpe brusco enfiou as mãos nos bolsos como se deles fosse arrancar algo fabuloso. Porém, ao retirá-las e erguê-las depressa, cada uma delas segurava... a mão de um cadáver, o que provocou uma explosão de gritos e pancadas de cadeiras no assoalho. Atônito, com as duas mãos erguidas, ele não conseguia soltar nem desfazer-se daqueles pedaços de cadáver usado nas aulas de anatomia da faculdade, como se uma cãibra prendesse seus dedos àquela carne curtida no formol. E ficou imóvel, como se as mãos mortas entre seus dedos é que estivessem levantando seus braços, segurando suas mãos. Até que num espasmo abriu-as, deixando os dois pesos mortos caírem no chão, e correu para o banheiro numa crise de vômito que superou até mesmo a algazarra da platéia. As duas mãos foram colocadas numa sacola plástica de supermercado, que penduraram num prego na parede e todos continuaram bebendo e comendo macarrão com frango.

José saiu do ritual de sua iniciação republicana festejado pelos novos colegas, mas com o sonho do doutor Oliveira desmoralizado. O pânico com que reagiu às mãos do cadáver afastou qualquer dúvida sobre sua falta de vocação para a medicina, porém, não o animou a rebelar-se contra os planos da avó. E por muito tempo evitou enfiar as mãos nos bolsos das calças sem antes apalpá-los, temendo encontrar outros membros de defuntos que os veteranos costumavam colocar na roupa dos novatos principalmente à noite.

Ninguém percebera o quanto a crise de vômito abalara José, pois, como sempre, não demonstrou mágoa nem humilhação de rir de si mesmo, em coro com todos que zombavam dele. Mas o festivo vexame o magoara tanto quanto as pilhérias com o Zé da Curva do Cipó na escola de Mirante da Serra.

Mesmo após a hilariante recepção José sequer cogitou que estava anulando a própria vontade ao tomar como seu o plano da avó de fazê-lo médico. E, apesar das dificuldades, adaptou-se à rotina de vestibulando no Triângulo das Repúblicas, com a Stupindainácia ao centro, e deu continuidade à história iniciada na primeira carta, enviando a Mirante da Serra a cada mês um novo capítulo de sua vida acadêmica imaginária, sem se descuidar das aulas do cursinho preparatório, mantido pelo centro acadêmico da faculdade para alunos sem recursos. Tudo sem ânimo nem determinação, como se na longa caminhada de todas as manhãs, entre a república e o cursinho, conduzisse alguém – ou ninguém –, um estranho, enfim, para assistir aulas intermináveis, sem interesse nem proveito. Assim percorreu o mesmo trajeto durante três anos e outras tantas reprovações, que ele nunca mencionou nas cartas enviadas à prima Rita, sempre recheadas de falsos feitos universitários e façanhas inexistentes do futuro doutor Oliveira.

12. Clandestinidade ou morte

Véspera de mais uma bomba. Novembro anunciava outra temporada de fracassos e sobressaltos no terceiro ano de reprovações. Mas, mesmo angustiado com a iminência de outro fiasco, José era incapaz de qualquer decisão, abandonar o cursinho, atitude que ele sabia ser a mais honesta, por sua aversão à medicina. Porém, como enfrentar a família com a revelação, a esta altura, de que sequer fora aprovado e talvez nunca ingressasse na faculdade?

No domingo anterior a uma das maiores manifestações contra a ditadura militar, que atraiu a Belo Horizonte um impressionante aparato repressivo, reforçado por policiais de várias cidades do interior, um jornal sensacionalista publicou na primeira página a manchete "*Líderes universitários despistam polícia jogando baralho*", ilustrada com a fotografia de estudantes que na véspera jogavam na sala da Stupindainácia. José aparecia em destaque, de pé na ponta da mesa, entre vários colegas. A legenda da foto antecipava o tom policialesco da reportagem: "*SUBVERSÃO. Simulando jogo de baralho para enganar a polícia, as principais lideranças estudantis de todo o país reuniram-se na República Stupindainácia, no chamado Triângulo das Três Repúblicas, no bairro da Santa Ifigênia, onde* moram vários integrantes da União Nacional dos Estudantes e das UEEs, para traçar a estratégia da passeata de amanhã e decidir o futuro do movimento estudantil."

José sentiu-se envaidecido ao ser identificado como líder universitário, imaginando o quanto sua família se orgulharia dele. E comprou dois exemplares do jornal. "Doutor Oliveira, líder universitário. Orgulho de Mirante da Serra, da Curva do Cipó e – por que não? – da tia Melinha, da vó Mariana e toda a família."

Os republicanos da Stupindainácia fizeram troça com a notícia porque o propalado encontro de lideranças nada mais era que a rodada final de um campeonato de buraco. Havia tempos que, com o agravamento da repressão, nenhuma reunião de líderes era realizada nas três repúblicas, sob permanente vigilância do Departamento de Ordem Política e Social cujos agentes chegaram a colocar na garagem contígua à sala da Stupindainácia, onde funcionava uma oficina de concerto de rádios, equipamentos para gravar as conversas de moradores e visitantes. Os aparelhos foram logo descobertos pelos estudantes, que passaram a utilizá-los para confundir a polícia, anunciando atos de protesto em diversos pontos da cidade que nunca se realizavam, enquanto eles se reuniam e faziam manifestações em outros locais.

José considerou a reportagem e a ilustração um troféu, uma consagração, embora não participasse do movimento estudantil alegando ser um mero vestibulando. E decidiu usar a foto para impressionar os parentes e confirmar suas fantasias. Antes de guardar num caderno um dos recortes do jornal, leu e releu a legenda. "Isso mesmo. Lideranças estudantis. E quem está no centro da foto das lideranças estudantis? Quem? José. O doutor Oliveira. Todos na Curva do Cipó e em Mirante da Serra vão ver o doutor Oliveira." Entre gargalhadas, colocou o recorte no envelope para Rita com a carta do mês. Mas, ao invés dos habituais relatos de sua vida universitária, em geral longos e prolixos, escreveu em letras bem grandes numa folha de caderno: "Adivinhe quem está no centro da foto? O doutor Oliveira de Mirante da Serra! Leia pra família inteira." Antes de lacrar o envelope, mudou de idéia "Não. A vó e a tia Amélia têm que ler antes dos outros. Só elas primeiro." Por segurança, escreveu um bilhete para a prima: "Rita, leia pra vó e pra tia Amélia primeiro. Se elas deixarem, você lê pro resto. Só se elas deixarem. Não se esqueça. Beijos do primo dr. Oliveira." Colou o envelope satisfeito com o novo blefe. Outro blefe a nada menos de dois anos do prometido diploma.

Ao remeter a reportagem, José nem pensou que por mensagens menos perigosas, interceptadas por órgãos da repressão, muitos estudantes eram presos e desapareciam, entre eles o Rubão, da União Nacional dos Estudantes, morador de uma das repúblicas vizinhas da Stupindainácia. Porém, a nova artimanha garantiu tranquilidade apenas por algumas semanas.

Assim que a carta chegou a Mirante da Serra, Amélia chamou Mariana para saber das últimas notícias do neto. Ao ver a fotografia, a avó assustou-se com a semelhança de José com Mamude. E só enxergava a figura do neto, sem nada entender do que dizia o jornal, mesmo depois da leitura e das explicações de Rita.

— Cruiz, Amélia! — gritou Mariana — Tá a cara du turco. A cara, u corpu, u cabelo. Tudo, meu santo Deus! U fio da minha caçula é um turcu di dois metru. Iscondi este retratu, Amélia. P'lo amô di Deus. Iscondi isso. Ai, Meu Deus. Ô a arma da minha Rosinha num vai tê sarvação.

— Pecado pió num é essi, Mariana — emendou Amélia.

— Todo mundo da Curva do Cipó passano farta pro Zé ficá na capitar levano vida di dotô. I essa history di pulícia. Qui vergonha, Mariana. Isso suja a famía. Currido da pulícia, meu Deus!

Ao retornar do cursinho, a poucos dias de outro exame, oprimido por um sentimento de culpa que se habituara a disfarçar, José parou numa praça a fim de refletir sobre uma estratégia que o libertasse de seu dilema e impedisse que a família descobrisse toda a verdade – ou todas as mentiras. Como esconder a próxima bomba a menos de dois anos da formatura prometida em dezenas de cartas enganosas? Como continuar escondendo as reprovações no futuro? E se no ano da formatura ainda estiver no cursinho? Retomou aflito o caminho de volta à república. E sem respostas nem qualquer decisão, as incertezas prolongaram-se até o dia fatal, com o conhecido espetáculo da euforia dos aprovados, entre os quais não estava o doutor Oliveira. E mesmo sabendo que seria inevitável a reprovação, ficou atordoado com a agitação dos colegas na entrada principal do cursinho. Em meio ao alarido dos aprovados, escutou a voz da avó. "Dotô Olivera! Dotô Olivera! U diproma ô u dinhero di vorta! Dotô Olivera, dotô Olivera! Vem sarvá nóis." Desvencilhou-se do empurra-empurra dos colegas em festa e disparou pelas escadas, perseguido por protestos e insultos de toda a família.

José voltou quase correndo para a república sem perceber o aparato bélico montado nas ruas para reprimir outra passeata, convencido de que não seria mais possível sustentar as mesmas histórias. E concluiu que só uma mudança urgente e radical poderia salvá-lo, ainda que isso exigisse uma proeza inusitada: tomar pela primeira vez uma decisão real, superando a crônica flacidez de uma vontade sempre submissa à avó.

Na entrada da Stupindainácia, ao perceber que policiais invadiam a república vizinha, esqueceu por completo da reprovação e suas urgências. Desorientado, chegou até a porta dos fundos e parou no topo da escada que dava para o quintal e levava ao porão. Entre ruídos de móveis caindo e portas batendo no vizinho, ouviu os gritos de Aloísio, que jogou por cima do muro uma caixa de papelão amarrada com barbante, enquanto era arrastado pela polícia.

– Zé, pega aí e segura firme! E só entrega pra Beatriz! Só pra Beatriz! Só confie na Beatriz!

Atordoado, trancou-se no porão sem saber o que fazer e quem era Beatriz. Parado na escuridão, ouviu a sirene das viaturas que se afastavam. Súbito silêncio. E logo voltaram os gritos da avó. "Outra vez, meu Deus." Acendeu a luz para livrar-se da voz de Mariana. Outra viatura estacionou em frente à república com a sirene ligada. "Eles voltaram. E agora? Estou perdido. É agora." Enterrou às pressas num buraco do piso e cobriu com pedaços de tijolos a caixa que imaginava conter documentos da militância política de Aloísio. Em seguida apagou a luz e permaneceu parado no escuro. A viatura foi embora ainda com a sirene acionada. "Tem que ter uma saída. Uma saída ou estou perdido. Tudo vai virar uma merda." Os últimos ruídos da rua evocaram-lhe os recreios da infância em Mirante da Serra e o remeteram ao pátio do hospital psiquiátrico da mãe. Reviveu o medo daquela figura esquelética e a mágica com que recobriu o rosto da mãe e o cenário aterrador num jogo de cores e luzes imaginárias. Pensou no destino de Aloísio. E imaginou-se no lugar dele, na viatura, fugindo para longe. Longe de todas as cobranças, dívidas e vexames. E aos gritos de "eureka", disparou um confuso monólogo, sem medo de atrair a atenção da polícia: "Clandestinidade ou morte! Eureka! A saída. A salvação. É só combinar a foto do doutor Oliveira com as perseguições da polícia e pronto! O Aloísio acaba de ser preso mas eu acabo de ser libertado. Estou livre, livre! Clandestinidade é a única segurança, a única garantia de vida. É a minha liberdade. Então, para não morrer, vamos para a clandestinidade, doutor Oliveira. Vamos para a liberdade. Clandestinidade ou morte! Ou morte!"

A euforia da descoberta excitou a imaginação de José, que passou a criar uma trama inspirada em detalhes da prisão de Aloísio, associados à foto do jornal, capaz de enganar a família sobre sua fuga do cursinho ou, na sua versão, da faculdade de medicina de que ele só conhecia o restaurante, ainda assim como visitante. "As lideranças estão sendo perseguidas, são obrigadas a fugir, desaparecer. Então, o mais importante dos líderes do Triângulo das Três Repúblicas, que aparece na fotografia, corre risco ainda maior... e terá que se cuidar, fugir, desaparecer. Antes que desapareçam com ele, que o matem. Então, como líder, a clandestinidade é a única segurança, única garantia de vida. Então, para não desaparecer, clandestinidade. Clandestinidade ou morte. Adeus medicina, às favas doutor Oliveira! Viva a independência." Com a tresloucada divagação, José sentiu-se de novo a salvo do temor do iminente vexame sobre diploma, formatura etc. E aliviado do vaivém angústia-euforia-angústia-euforia provocado pelo crônico adiamento de decisões. "Que se danem os vestibulares e as bombas, pois o doutor Oliveira logo estará salvo. Salvo pela clandestinidade." Parado no porão, continuou com suas cogitações: mesmo que sua família nada soubesse sobre política e perseguições a lideranças estudantis, a foto com a legenda seria suficiente para informá-la e impressioná-la sobre os perigos que estaria correndo como líder perseguido pela polícia política.

José correu ao seu quarto e escreveu um bilhete para Rita informando que um acontecimento extraordinário o forçou a mudar de vida e que em breve explicaria tudo pessoalmente. Entre gargalhadas, escrevia uma coisa e dizia outra. "Ninguém me espere, mas a qualquer hora chegarei em Mirante da Serra. Aí, então, explicarei tudo a vocês. Vocês saberão de tudo. Confiem em mim. Contarei tudo, tudo." Assim que colocou a nova peça de ficção no correio, correu ao bar da esquina da república e com dois amigos tomou um grande porre. Porém, não revelou sua decisão, limitando-se a brincadeiras e frases de efeito. "Abaixo o juramento de Hipócrates. Viva o juramento dos hipócritas!"

José sabia que sua carta deixaria todos alarmados até que completasse pessoalmente sua história. Por isso, com medo de confundir-se e ser desmascarado, decidiu fazer um resumo de sua trama e memorizá-la para expor os motivos de sua decisão em visita a Mirante da Serra. "Uma cola para convencer os examinadores." Porém, ao esboçar o guia do enredo fictício, confundiu-se e perdeu-se com versões incongruentes. Não conseguia ordenar as peças do seu quebra-cabeças.

Às voltas com suas fábulas e temores, não participava do movimento estudantil nem dava importância ao agravamento da violência e das perseguições a lideranças. Mantinha-se sempre alheio à militância no cursinho e nas repúblicas, onde ouvia com indiferença discursos e debates inflamados. E em momento algum se sentiu constrangido por se inspirar na prisão real de Aloísio para forjar uma solução fantasiosa para o seu impasse pessoal: ao invés de culpa, teve orgulho de sua engenhosidade. "Clandestinidade ou morte. Viva as histórias de enganar a fome. Viva a Curva do Cipó. Liberdade."

Apesar dos esforços, as oscilações de humor impediram José de preparar um roteiro consistente ou verossímil para o encontro com a família. Depois de muitas reflexões, concluiu que somente estaria seguro se desaparecesse o mais rápido possível sem deixar vestígio. Lembrou-se então que o velho farmacêutico de Mirante da Serra sempre comentava com nostalgia sua passagem na juventude por pensões de uma tal rua Abolição, na época mais feliz de sua vida. "Para São Paulo. Para o mundo. Clandestinidade ou morte."

Tudo preparado em segredo, José levantou-se na madrugada de uma sexta-feira, quando a maioria dos moradores da Stupindainácia já tinha viajado em férias, pôs suas roupas e objetos pessoais na mala, deixando empilhados ao lado da cama apostilas e livros usados no cursinho. Por último, colocou na mala um caderno espiral em branco de que arrancava folhas para escrever suas cartas e onde fazia anotações esparsas de relatos que enviava à família para não se esquecer das próprias fantasias e não cair em contradição. Em silêncio, foi à porta de cada um dos quartos, observou os colegas que dormiam e passou depressa pela cozinha e pela sala. Desceu o degrau do alpendre, olhou demoradamente a pequena imagem da Stupindainácia na vitrine presa à parede da entrada e trancou a porta devagar. Em seguida, jogou a chave debaixo da porta e saiu com destino à rua Abolição.

13. No mar de lâmpadas

José chegou em São Paulo de madrugada e hospedou-se num hotelzinho próximo à estação da Luz, atraído pelo pisca-pisca "Alaska" suspenso entre duas janelas do terceiro andar. Com medo de ser roubado durante o sono, pôs a mala debaixo da cama e antes de deitar-se girou várias vezes a chave na fechadura para ter certeza de que a porta estava trancada. Corpo dolorido e mente confusa com tantas novidades, não conseguiu dormir, preocupado com o mundo desconhecido que teria de enfrentar no dia seguinte. Ainda aturdido com a imensidão do "mar de lâmpadas" que atravessou, da entrada da cidade até a rodoviária, lembrou-se dos transtornos com a mudança de Mirante da Serra para Belo Horizonte, a começar pela crise de claustrofobia no elevador que o levaria ao décimo andar do cursinho no início das aulas, e do vexame de seu primeiro contato com o mar, num fim de semana em Marataízes, no litoral do Espírito Santo, como convidado dos pais de um colega de república. Ao ver uma gigantesca onda levantar-se em direção à praia, quando conversava com amigos do colega, saiu em disparada entre os banhistas aos gritos de "A água! A água!", certo de que todos seriam arrastados pelo mar, pelas montanhas de água que estava vendo pela primeira vez. Assim que se acalmou, completou sua exibição com uma explicação não menos hilariante: como jamais tinha ido ao litoral e estava habituado apenas com paisagens de "montanhas verdadeiras", sólidas, de terra, pensou que aquelas "montanhas de água" fossem inundar a praia e matar todos afogados.

Perturbado por ruídos vindos da rua, José entregou-se a outras reminiscências que o levaram de volta à infância. Sem identificar ao certo personagens e cenários, ele escuta ao longe mulheres entoando cantigas monótonas. Na escuridão da Curva do Cipó, crianças amontoadas no velho catre do quarto da avó, escutando histórias de espantar a fome. Lembrou-se dos conselhos de seu Gilberto, linotipista da gráfica em que revisava o jornalzinho do grêmio do colégio de Mirante da Serra. "Decora estes sinais de revisão tipográfica, meu filho. Um dia eles podem ser sua ferramenta de trabalho. Ainda mais pra quem é estudado. Em cidade grande isso é profissão, Zé. Às vezes, uma ferramenta vale mais que um diploma. E essa é uma ferramenta da inteligência, mais forte que a força bruta. Quando você precisa, ela não falha. É feito alicate e chave de fenda, mas da inteligênia e não da força bruta."

Revive a tensão da viagem para Belo Horizonte com a obrigação de ser aprovado no primeiro vestibular. A crise de vômito ao pegar as mãos do cadáver nos bolsos do jaleco. A reprovação em três vestibulares e os relatos mentirosos à família. Os gritos de Aloísio. "Segura firme e só entrega pra Beatriz. Só confie na Beatriz. Ela vai te procurar." Na mala a cópia da reportagem com a fotografia entre os colegas da república. "Que burrice! Escondo o material do Aloísio e deixo essa prova na mala. Mas é com essa reportagem que vou confirmar tudo pra vó e pra tia Amélia." Por fim, o cansaço cedeu a um sono agitado por pesadelos – a Curva do Cipó em chamas e Mirante da Serra inundada por montanhas de água.

José deixou o hotel na manhã seguinte sem saber aonde ir, como continuar sua jornada: hospedar-se numa pensão da rua Abolição, voltar para Belo Horizonte ou viajar a Mirante da Serra e passar tudo a limpo? Com essas dúvidas desceu as estreitas escadas do hotel, atravessou a avenida Duque de Caxias e subiu as rampas da estação rodoviária desviando-se dos passageiros que iam e vinham lembrando-lhe formigas de correição na véspera de uma tempestade. E começou a andar em círculos no centro do imenso saguão, entre guichês e bilheterias, ainda com a mesma indecisão. Para onde ir? Belo Horizonte, Mirante da Serra ou rua Abolição? Voltar ao cenário dos malogrados vestibulares ou viajar à Curva do Cipó para um confronto com a avó, que poderia desmascará-lo ou libertá-lo do fantasma do doutor Oliveira? As dúvidas desapareceram de súbito quando viu os grandes cartazes de militantes políticos procurados pela polícia afixados nas paredes da rodoviária. Pensou nos amigos da Stupindainácia e nos estudantes das outras repúblicas. Os gritos de Aloísio ao ser preso. Parou no guichê do ônibus de Mirante da Serra, tentando ler a tabela de preços e horários de partida. Virou-se à direita e foi à bilheteria do ônibus de Belo Horizonte, onde também consultou o painel de horários e de preços. Hesitante, sentou-se e ficou observando o movimento dos passageiros por meia hora. Ao olhar com atenção os cartazes nas paredes, saiu às pressas da rodoviária e decidiu hospedar-se numa pensão. Meia hora depois chegou ao destino sugerido pelo farmacêutico de Mirante da Serra. Pagou um mês adiantado e garantiu a única vaga da pensão Estrela, dividindo o quarto com Adão, alegre ajudante de confeiteiro de uma padaria do bairro, que explicou-lhe a rotina da casa e o tranquilizou sobre as manias e bravatas de dona Floripes, a proprietária.

– A dona da pensão é cheia de manias. Não liga. A única coisa que ela não perdoa é atraso. Afora isso, não se preocupe, que a casa é sua. Desde que cheguei de Sergipe nunca tive dor de cabeça aqui. E olhe que são mais de cinco quartos, com gente de toda parte.

– Obrigado, mas não tem problema – respondeu José, mentindo sem convicção. – Vou ganhar pouco, mas já tenho emprego garantido. – A única garantia era mesmo o primeiro mês porque talvez não pudesse mais contar com a magra mesada da família.

Preocupado em não despertar a desconfiança de Floripes, José saía em caminhadas diárias pelas ruas próximas, nos limites do bairro do Bixiga. Sem saber que emprego procurar, na tarde do terceiro dia comprou um jornal e fechou-se no quarto para ler os classificados. E espantou-se com a quantidade de profissões que não conhecia. Deteve-se na oferta de vagas para médicos. Leu os anúncios, comparando exigências, especialidades, salários e vantagens. "Mas e daí, idiota? O que adianta? Não tem vaga pra nenhum doutor Oliveira, porque não existe nenhum doutor Oliveira." Examinou outras sessões de classificados, passou os olhos na coluna central de pequenos anúncios dispostos em ordem alfabética e interessou-se pelo título de um pequeno texto, de apenas três linhas: "Revisor – free-lancer – Para livros técnicos e literatura. Com experiência, responsabilidade e cultura geral. Entrevistas e teste com Marly, pelo telefone..." Recortou o anúncio e continuou a pesquisar, mas não se interessou por mais nada.

Na manhã seguinte, uma informação do companheiro de quarto deixou José apreensivo com a segurança de seu fictício líder estudantil, mas após refletir concluiu que estaria protegido se executasse apenas trabalhos avulsos, sem registro na carteira profissional.

– Meu caro, tem duas coisas que você que está chegando agora precisa saber – disse Adão. – A polícia está exigindo que as empresas mandem a ficha de todos os funcionários novos, registrados em carteira. Hoje em dia você pode ter emprego garantido, mas ninguém tem garantia de nada. Nem garantia de vida.

– Está certo. E a segunda?

– A segunda é que você pode erguer as mãos pro céu porque estão exigindo também cópia da ficha de todos os hóspedes de hotéis e pensões...

– Quer dizer que a dona Floripes...

– Calma, meu caro – continuou Adão sorrindo. – A dona Floripes não deu nem vai dar a ficha de nenhum hóspede. Então, não se preocupe. Ela tem medo de tomarem os hóspedes dela se der a relação e o nome de todos.

– Ainda não fiz entrevista nem fui contratado, mas o meu emprego está garantido. Também não tenho nada a esconder.

— Que Deus te ouça, porque muita gente que não tinha nada a esconder acabou sendo escondida pelos home. Não estou querendo passar medo. Você é maior de idade e sabe o que faz.

José não respondeu nem perguntou mais nada. Saiu apressado e ligou de um telefone público para a editora do anúncio, agendando entrevista no início da tarde. Ao chegar lá, havia apenas mais um candidato, muito nervoso, na sala de espera. Orientado sobre o teste, recebeu caneta e uma folha de papel com o trecho de um livro de ciências biológicas. Em menos de quinze minutos entregou à gerente o texto revisado, com os símbolos convencionais que aprendera com o tipógrafo de Mirante da Serra. E depois de rápida entrevista, voltou à pensão com os originais de um manual de história para revisar, como primeira experiência, feliz com a promessa de outros trabalhos. Lembrou-se com orgulho e gratidão dos conselhos de seu Gilberto. "Decore esses sinais que você terá uma ferramenta. Na cidade grande isso é profissão. Leva uma cópia com os símbolos usados em revisão."

No início, Floripes estranhou o pedido do novo pensionista, mas emprestou-lhe uma mesinha para que pudesse trabalhar no quarto. E dedicou-se com entusiasmo à sua tarefa, só interrompendo-a nas refeições e para dormir.

— Podes trabalhar aqui, ali ou acolá — disse Floripes. — Não é de minha conta se serves a Deus ou ao diabo. O que importa é que não me tragas problemas e me pagues sem atraso. Entendeste?

Na semana seguinte, José conferiu os originais com cuidado e entregou-os à editora. Recebeu para revisar mais dois livros técnicos e *O homem invisível*, de H. G. Wells, além do pagamento do primeiro trabalho em valor equivalente à terça parte da mensalidade, o que o deixou eufórico. "Puta que pariu. O primeiro dinheiro com meu trabalho. Sem depender de ninguém. Sem explorar o pessoal da Curva do Cipó. Sem registro, sem contrato, sem perigo. Ninguém vai saber que estou aqui. O líder clandestino, o lobo solitário, o lobo invisível da pensão Estrela. Só se a dona Floripes..."

O trabalho deu a José uma segurança até então desconhecida sobre a farsa do seu líder estudantil na clandestinidade. E essa fábula ganhou ainda consistência com a descoberta do personagem criado por Wells à medida que lia, relia e revisava a história do invisível Griffin, embora abominasse sua violência e sua crueldade. Ele comparou as peripécias de Griffin à mágica de sua infância, que surgira pela primeira vez na visita à mãe no hospital, por considerar semelhantes os efeitos dos dois artifícios – a invisibilidade do primeiro e a transformação da realidade do segundo. Deslumbrado com o universo misterioso do protagonista em busca da fórmula que o tornasse invisível, antes de devolver as provas copiou um trecho do livro, decidido a decorá-lo: *Larguei a filtragem de que estava me ocupando e fui até a grande janela, de onde contemplei as estrelas. – Poderia ser invisível! – repeti. – Realizar um tal feito seria transcender a mágica. E contemplei, sem a sombra da dúvida, uma visão magnífica do que poderia ser a invisibilidade para um homem – o mistério, o poder, a liberdade.*

A tranquilidade de José durou apenas três meses. A editora surpreendeu-o com a suspensão dos trabalhos avulsos, nenhuma mesada chegou da Curva do Cipó e dona Floripes foi implacável: expulsou-o, não sem antes tomar-lhe a mala e trancá-la num quarto reservado a bagagens e objetos de maus pagadores. No meio da rua, envergonhado e sem saber aonde ir, José só tinha um desejo: tornar-se invisível como Griffin, não ser visto por ninguém. E assim vagou pelas ruas centrais da cidade durante semanas, até chegar aquela que seria a última mesada de Mirante da Serra para reabrir-lhe as portas da pensão o tempo suficiente para conseguir novos trabalhos de revisão. Mas essa não seria sua única expulsão da Estrela.

14. O labirinto de espelhos

No fim de dois meses de atraso José foi expulso pela segunda vez da pensão Estrela. Dias antes, numa sucessão de lances inesperados, a editora o deixou sem dinheiro para saldar a dívida com Floripes, porque ele perdera as provas tipográficas de *Dom Quixote*, de Miguel de Cervantes, numa noite pelos bares do centro da cidade. E acabou sem trabalho.

De novo na rua, lembrou-se da primeira vez que fora despejado apenas com a roupa do corpo e vira-se obrigado a vagar sem rumo pelo bairro para não perder-se, cuidando de ficar longe da mira de sua credora. Sem dormir nem tomar banho, aliviava-se às pressas molhando o cabelo, o rosto e os braços nas torneiras de edifícios em construção, preocupado em não atrair a atenção dos guardas, que o afugentavam com ameaças de agressão.

Como o dinheiro mal dava para o prato feito de cada dia, José pôs em prática uma lição de sobrevivência que aprendera na sua primeira temporada na rua: pão e banana no almoço, no jantar e a qualquer hora que a fome apertasse. Um sabor sempre renovado, como se a cada refeição degustasse pela primeira vez a insinuante doçura da fruta com o sóbrio pão francês. A macia textura de manjar lembrava-lhe o algodão doce dos tempos de criança e renovava-lhe a esperança de voltar ao aconchego da pensão Estrela.

Adão foi a salvação de José nas primeiras noites, abrigando-o num empoeirado depósito de farinha, até que o dono da panificadora o descobriu e ele teve que desaparecer – de volta para a rua. Superado o incidente da expulsão, menos constrangedora que as bravatas com que fora enxotado da pensão, certa manhã ele esperou o amigo a duas esquinas da Estrela a fim de saber como estava o humor de Floripes e acabou ganhando um pão doce e biscoitos de polvilho. Semanas depois Adão trouxe-lhe também uma boa notícia, que reabriria as portas da pensão: uma carta de Mirante da Serra com a última mesada da família, interrompida após a notícia do falso afastamento de José da faculdade.

Ao contrário de sua primeira expulsão da Estrela, em que nada fizera para ser punido pela editora, na segunda vez José não teve como se desculpar: perdera os originais de *Dom Quixote*, provocando a suspensão de seus pagamentos e o corte de outras obras para revisar. Enquanto aumentava o medo de continuar na rua, ele se lembrava até com prazer das exaustivas correções de manuais de química na alta madrugada. Certa noite cochilou em cima das provas do livro e acordou aos gritos com uma daquelas enormes fórmulas saltando para o alto como cobra para atacá-lo. Apavorado com letras e números dançando como serpente a poucos centímetros do rosto, fez tal espalhafato que acabou atraindo a atenção de Floripes. Ela correu ao seu quarto com a chave reserva e passou-lhe uma descompostura que acordou todos os pensionistas.

Na manhã seguinte, ele ainda recolhia folhas do livro espalhadas pelo quarto e debaixo da cama.

Na época da primeira expulsão, José fingia não se assustar com a fome, conhecida inimiga que o espreitava desde a infância, tanto na casa da tia Amélia quanto nas visitas à Curva do Cipó. Ao chegar a Belo Horizonte, ele aderira sem dificuldade à prática dos colegas da Stupindainácia: à noite, como aos domingos não havia jantar na pensão nem no restaurante universitário, os republicanos tomavam alguns copos dágua, comiam um pão com ou sem mortadela e iam dormir o mais rápido possível. Se algum deles acordasse faminto de madrugada, repetia a dose, mas sem sanduíche: tomava mais água e voltava depressa para a cama.

Na segunda temporada nas ruas, porém, a fome deixou de ser o único desafio para José. Agora difusos temores mesclavam suas fábulas pessoais às ameaças reais da cidade, amplificadas pela imaginação. Assim, mais que vigiado à distância por inimigos fictícios do seu também fictício líder estudantil, dessa vez ele sentia-se intimidado por perseguidores reais, prontos para atacá-lo em cada esquina. E mais oprimido se sentia ainda ao idear que todos sabiam que ele fora expulso de novo por falta de pagamento e o esperavam por onde fosse para gritar, em coro, "Que vergonha, outra vez? Outra vez?". Essa humilhação o atingia e desgastava mais que a própria fome. Chegava a ouvir vozes à sua volta:"Pega, caloteiro! Pega, caloteiro!"

Com o passar de dias e noites de andanças sem rumo, José sentiu que aumentavam os perigos da fome: se continuasse sem comer nem dormir, as dores no corpo se tornariam insuportáveis e a confusão mental provocaria sua prisão numa das barreiras policiais montadas em pontos estratégicos da cidade. Ou seria capturado por agentes do Deops e poria em risco toda a família. Se isso acontecesse, pensava, acabariam frustrados todos os esforços da fuga de Belo Horizonte de seu falso líder estudantil e ele se tornaria de fato um preso político. Lembrou-se então da carta a Mirante da Serra com sua foto entre outros estudantes e da cena de Aloísio jogando-lhe a caixa de documentos. "E a caixa do Aloísio, meu Deus! Será que desenterraram no porão da Stupidainácia? Puta que pariu, será que eu tirei ela de lá? Ou não tirei? E a carta pra Mirante da Serra? Será que a interceptaram? E se prenderem todo mundo na Curva do Cipó? E se forem torturados por minha causa?"

Sem destino, José continuou divagando e caminhando pelas ruas centrais da cidade. Mas a certa altura o cansaço o forçou a valer-se de uma descoberta da primeira temporada fora da Estrela: o cine Bijoux, na praça Roosevelt. Na época, ao passar na frente do cinema, parou mais para descansar que para satisfazer a curiosidade pelo filme em exibição – *Gaviões e Passarinhos*, de Pier Paolo Pasolini. Observou o cartaz sem nenhum interesse. Tudo absurdo, distante. Conferiu o preço do ingresso, calculou o dinheiro e o tempo que teria da primeira à última sessão, considerando a duração do filme – 86 minutos. Desistiu dos cálculos, virou-se em direção ao edifício Copan, embora convencido de que algumas horas nas poltronas aliviariam os efeitos das noites e dias sem dormir.

"Mas e o dinheiro pra comer amanhã?" As dores resolveram o dilema e minutos depois ele sentou-se na última fileira rente à parede. E dormiu logo que se acomodou na poltrona e só acordou no fim da primeira sessão. Da segunda sessão só conseguiu assistir cenas esparsas – o comediante italiano Totó como operário numa rodovia deserta com o neto, levando uma gralha falante. Com medo de ser descoberto, no fim da terceira sessão acompanhou os espectadores até perto da saída e desviou-se para o banheiro. Minutos depois voltou à mesma poltrona. No fim da noite, apesar das interrupções, tinha recuperado parte do sono atrasado. Por coincidência, acordara várias vezes na mesma cena, que memorizou vagamente: em plano geral, Totó e o neto caminhavam por uma rodovia que apontava em sentido transversal para o alto da tela. No fim da jornada, à meia-noite José saiu aliviado por não ter sido descoberto nem expulso. Com forças renovadas, continuou andando até o amanhecer.

Ao meio dia, menos cansado que na véspera, José cumpriu a mesma rotina, da primeira à última sessão, chegando a assistir sequências inteiras do filme de Pasolini. Em especial, emocionou-se com o dilema do avô e do neto obrigados a comer a gralha para não morrer de fome, o mesmo destino do papagaio devorado pela família de Fabiano, em *Vidas Secas*, de Graciliano Ramos. E quase chorou nas cenas em que o personagem de Totó cobra com ameaças o aluguel da mãe de uma menina que chora de fome ao seu lado, amedrontada com a briga dos adultos. José viu naquela garotinha todas as crianças da Curva do Cipó. Mas logo dormiu.

A descoberta das sessões do Bijoux mais outras experiências pelas ruas foram relembradas com certo alívio quando José foi expulso a segunda vez. E antes mesmo de sair, alertado pelas ameaças diárias de Floripes e orientado por um vizinho, vestiu três camisas, duas calças e o único agasalho, evitando o confisco de toda a roupa. Com isso, quase nada restou na velha maleta vermelha, presente do velho farmacêutico de Mirante da Serra.

– Nem as ceroulas terás de volta se não pagares o que me deves – ameaçou Floripes ao despachá-lo. – Enganador de uma figa. Pensa que tenho filho deste tamanho? Rua! Dois meses e nenhuma moeda.

José prometeu saldar o débito, sussurrando ainda no corredor da pensão, sem tirar os olhos de Floripes:

– Eu venho pagar logo, dona Floripes. Guarda tudo, que eu venho pagar. Eu prometo.

– É para rir agora ou depois, fedelho? – respondeu Floripes aos gritos, para que os outros pensionistas escutassem e se prevenissem. – Essa ladainha já tenho de cor na cabeça. Vou entregar tuas tralhas para o primeiro caminhão de lixo que passar por aqui amanhã.

Advertida sobre a inutilidade dos confiscos, Floripes foi taxativa com o marido:

– Se não dou o exemplo, logo eles tomam conta da casa, com escritura e tudo e nós vamos pro olho da rua. Ó, marido, então tome deles nosso dinheiro que devolvo seus trapos!

Embora exausto, José sentiu-se mais confiante na volta ao dormitório de emergência da primeira temporada, sabendo que as sessões noturnas muitas vezes prolongavam-se até as primeiras horas da madrugada com filmes inexistentes no circuito comercial sob censura. Mas dessa vez não estava em exibição nenhuma alegoria amarga como *Gaviões e Passarinhos*, mas o humor crítico e o lirismo de *O Circo*, de Charlie Chaplin. Prostrado de novo nas poltronas da última fileira, ele desafiou o cansaço na tentativa de assistir ao filme inteiro, fascinado pela cena em que Carlitos foge da polícia e entra no *Labirinto dos Espelhos*, enorme salão cujas paredes, cobertas de espelhos, multiplicam imagens do herói/vilão perseguido por um policial num bailado hilariante.

Ao final de quase uma semana de longas jornadas no seu dormitório, José estava mais que encantado com Carlitos e hipnotizado pelo *Maze of Mirrors*. Certa noite, abriu os olhos afundado como sempre numa das poltronas da última fila, sem saber se o filme estava no começo ou no fim. Ao perceber os ruídos da saída dos espectadores, escorregou lentamente para o chão, encolhendo-se no estreito espaço entre as cadeiras e a parede para esconder-se do fiscal, que passaria em seguida em busca dos costumeiros dorminhocos. Aconchegou-se debaixo das poltronas usando o agasalho como travesseiro até as luzes se apagarem. Certo de que ao menos nessa noite seu sono não seria interrompido, adormeceu enrolado em posição fetal, depois de afrouxar os sapatos como se desatasse os cadarços das botinas de Carlitos. O brilho dos espelhos o seguiu no sono. Viu-se num labirinto de curvas que se entrelaçavam, conduzindo-o até um imenso salão de paredes também de espelhos que multiplicavam sua imagem de corpo inteiro, exatamente como na sequência de Carlitos em fuga. À sua volta inúmeras réplicas de sua figura o apavoraram não só pelo efeito alucinatório de caleidoscópio, mas por reconhecer naquelas reproduções um estranho, magro, olhar opaco, fisionomia sem vida, a dançar – mesmo imóvel – na haste de sua própria fragilidade. Os olhos, dois pontos esverdeados, quase ocultos nas pálpebras contraídas.

Assim que fixou o olhar naquele(s) vulto(s), suas formas e seus contornos começaram a desfazer-se, apagar-se na superfície dos espelhos cujas molduras também diluíam-se como líquido brilhante a fluir das paredes. As raras linhas retas fizeram-se curvas. E cada espelho assumiu a forma de enorme olho, brilhante, vivo. Todos conhecidos. Lá estavam, lado a lado, o avô, com fúria; a avó, em súplicas; a indiferença do pai e da mãe; da tia Dolores em prantos, a maldição sobre a morte de um primo: "Por tua curpa, morreu meu fio, satanáis! U dinhero du remédio foi pru dotozinho na capitar! Qui u diabo ti cobri essa dída té u fim da tua vida, disgraçado! I acábi a cobrança nu fogo dus inferno." De súbito começou a ouvir a própria voz. "Rita! Rita!" A cada eco apagava-se um olho. Por último, os olhos da avó cresceram no teto e explodiram num estampido tão forte que o acordou, encolhido em posição fetal no piso do cinema.

Ainda atordoado com o pesadelo, José escutou longe uma saraivada de disparos e sirenes de viaturas da polícia, que tornaram ainda mais sinistra a penumbra do cinema vazio, iluminado pelos raios do sol da manhã filtrados pelas frestas da porta principal. Ao ratatá do tiroteio logo fundiu-se o estalo metálico das ferraduras da cavalaria a galope pela calçada. Ele aproximou-se da porta a tempo de enxergar pela fechadura as patas dos cavalos como hélices. Os jornais noticiariam no dia seguinte a ocupação das ruas do centro por veículos blindados, cavalaria, tropas de choque e cães depois do alarme de que no edifício Copan havia se refugiado um grupo que na véspera assaltara uma agência bancária. No fim das manobras, encontraram apenas uma arma supostamente usada no assalto, que foi imediatamente exibida à imprensa pelo comandante da operação: uma peruca feminina, longa, loira, apresentada como disfarce do chefe do grupo.

José ficou com o rosto colado à fechadura até passar o último cavalo. Em seguida, certificou-se de que a operação policial havia terminado e saiu pela portinhola lateral, que o segurança deixava destrancada. O susto com o tiroteio o estimulou a voltar à editora e cobrar pela quinta vez o pagamento dos serviços já executados antes de ser expulso, única possibilidade de retornar à pensão e escapar dos perigos das ruas. Porém, os planos dissiparam-se aos primeiros passos fora do cinema: sua mente foi de novo tomada pelas cenas de Carlitos na sala dos espelhos, misturadas a fragmentos de sonhos. Sem saber aonde ir, teve vontade de voar. Mas logo entrou em pânico ao escutar a sirene de uma viatura policial. Prosseguiu rápido até chegar à avenida Duque de Caxias, como se uma força o conduzisse em direção à estação rodoviária, onde pudesse estar a salvo simplesmente por ter desembarcado ali no fim de sua fuga dos fantasmas de Mirante da Serra e da Curva da Cipó. Ao virar à direita, apavorou-se com a sucessão de fotos de militantes políticos coladas em postes, muros e prédios. Mais uma vez lembrou-se dos colegas de Belo Horizonte e de Aloísio jogando-lhe a caixa antes de ser preso. "E o Aloísio? Será que a foto dele também está pregada em algum poste?" Fotos, fatos e disparates embaralharam-se na sua mente. Remorso. Saudade. Alívio. Medo. Sinal vermelho. Deteve-se numa esquina à procura do destino. Amarelo. Verde. Vermelho. Uma, duas, várias vezes. Imóvel, observou com mais atenção o muro coberto de cartazes. Os olhares o seguiram."Covarde. Não adianta fugir." Ao ver o seu próprio retrato com o carimbo de "Procurado" em letras vermelhas, disparou pela avenida Duque de Caxias e subiu as escadarias da rodoviária. Suado e esbaforido, girou no vaivém de viajantes que o empurravam, apertavam, sufocavam. Aos golpes e solavancos, tentou encontrar a saída e escapar das ondas de passageiros que se agitavam pelos corredores. Já perto da saída, ao roçar dos corpos no seu corpo José sentiu vontade de fugir, livrar-se da multidão e correr até a editora para exigir pela quinta vez o pagamento suspenso por ter perdido as provas de *Dom Quixote*. Bastaria o dinheiro suficiente para pagar os meses em atraso e voltar para a Estrela.

15. Segura com força

Fim da tarde. José atravessou com dificuldade a praça da biblioteca Mário de Andrade a caminho da pensão, de volta da editora com dinheiro suficiente para pagar os atrasados, aliviado por não ter que passar mais uma noite no piso do cine Bijoux. "Acabou a guerra. Agora só depende da megera." Doíam-lhe as costas, pesavam-lhe os braços, as pernas vacilavam, ardiam-he os olhos. Idéias sem nexo agitavam-se na mente confusa – da expulsão ao longo sermão do gerente da editora antes de pagar-lhe os atrasados e entregar-lhe novos livros para revisar. Parou no sinal vermelho. Em alguns minutos estaria frente a frente com Floripes. Apalpou o dinheiro no bolso imaginando-se deitado confortavelmente na sua cama junto à parede úmida do quarto. "E se o dinheiro não der? E a mala? Será que ela deu mesmo pro caminhão de lixo? Se não der pra pagar tudo, pelo menos pego a mala e desapareço... Mas desaparecer onde? Na Curva do Cipó, por acaso, seu estúpido? Atenção, ouvintes, muita atenção. Estudante em fuga evapora na Curva do Cipó. Incrível! Virou nuvem e desapareceu. Evaporou com o Rio das Pedras."

Ao sinal verde, José foi arrastado pela multidão até a outra calçada. Pouco depois encontrou Floripes no estreito corredor da pensão com uma trouxa de roupa nas costas. Sem jeito, entregou-lhe o dinheiro, ao mesmo tempo orgulhoso e humilhado. Assim que estendeu a mão, num gesto vacilante, ela pegou as cédulas e começou a contá-las apressadamente. No fim da contagem, pôs o dinheiro no bolso do avental e ordenou que ele a acompanhasse até o depósito.

– Menos pior que pagaste o atrasado, ora pois! – disse Floripes enquanto retirava a mala de José da prateleira. – Para não duvidares de minha bondade, dessa vez não lhe cobrarei multa. Ouviste bem? E como prova de minha generosidade também não cobrarei o aluguel completo neste mês. Eu bem que poderia. E trate de não atrasar, pois irás de novo pra rua. E pela última vez.

José assustou-se com a advertência de Floripes ao jogar-lhe a mala, reproduzindo as palavras de Aloísio ao ser preso.

– Segura com força!

Assim que pegou a mala, José passou a ponta dos dedos na fechadura para verificar se estava intacta. Segurou-a com força e correu para o quarto apertando-a contra o corpo num abraço de medo e espanto. "E se a caixa não estiver mais na mala? E se descobriram as anotações de Aloísio? O que fazer se Beatriz aparecer para exigir o material que só devia ser entregue pra ela?" Jogou a mala em cima da cama e tentou introduzir a pequena chave na fechadura, girando-a com força. Mas nada. "E se tiverem tirado o material do Aloísio, meu Deus? Será que os documentos estão aí?" Ao forçar a ponta da chave no orifício, acabou entortando-a ainda mais e derrubando a mala no chão. Apanhou a mala e começou a agitá-la na esperança de ouvir algum ruído que confirmasse a presença da caixa de Aloísio. Em seguida, jogou-a na cama e começou a esmurrá-la, cochichando xingamentos para não ser ouvido. Afinal deitou-se com a cabeça apoiada no travesseiro numa posição em que pudesse observar a fechadura. Um breve cochilo e logo despertou com o dueto de Aloísio e Floripes:

– Segura com força! Segura com força!

José saltou no meio do quarto pensando estar no porão da república. Ao ver as manchas de mofo na parede se deu conta de que estava na pensão. E a frase de Aloísio, repetida por Floripes, renovou as angústias dos últimos dias no Stupindainácia. "Tenho que ir logo a Mirante. Ou vão acabar desconfiando."

José não apagou a luz. E não tirou os olhos da mala até dormir.

De manhã, após abrir a mala com o canivete de um morador da pensão, José escancarou-a em busca da caixa, mas só encontrou algumas roupas, o surrado par de sapatos e objetos sem valor. "Puta que pariu!", gritou lembrando-se de que enterrara os segredos de Aloísio no porão da república. "Como é que fui me esquecer disso? Palhaço! Idiota! Ficar feito louco e aquela droga enterrada no porão do Stupindainácia."

Os trabalhos de revisão se sucederam, com vários livros didáticos, o que pareceu a José uma rotina segura e confortável, capaz de garantir-lhe o pagamento da pensão e dar-lhe trégua até se preparar para viajar a Mirante da Serra e explicar à família passado e futuro do doutor Oliveira.

16. A melhor história

Mais de um ano após a fuga para São Paulo, José sentia-se cada vez mais angustiado com os riscos e o adiamento de sua viagem a Mirante da Serra. Medo de ir e medo de não ir. "Não dá mais. Prometi pra Rita. Tenho que ir sem falta, senão vai ser o fim. As aulas vão começar logo. Mas como explicar mais um ano sem voltar pra faculdade?" Escrever outra carta confessando tudo ou insistir nas fantasias? O que dizer a todos que acreditaram por tantos anos na aprovação no vestibular, aulas de anatomia?...

As preocupações e as dívidas com a família já não deixavam José concentrar-se no trabalho nem dormir. Para não perder prazos estipulados pela editora, ele decidiu trabalhar na sala, evitando incomodar Adão que dormia durante o dia. Certa madrugada de insônia, resolveu caminhar pelas ruas mais conhecidas do bairro. Na banca de jornal de uma pracinha próxima da Estrela, deteve-se observando uma Kombi que fazia a entrega das edições matinais. Curioso, começou a ler as manchetes à medida que os jornais eram afixados numa vitrine iluminada. Como o proprietário não se opôs, José leu também as notícias de maior destaque, interessando-se em especial pela reportagem de um acidente aéreo na Amazônia, em que haviam morrido os tripulantes e todos os integrantes do Projeto Rondon, inclusive cinco estudantes de medicina. Leu e releu várias vezes o texto da primeira página. Afastou-se, pensativo, caminhando lentamente em direção à pensão. Mas parou ainda na pracinha e voltou apressado à banca de jornais. "É isto. Isto mesmo."

– Por favor, dois exemplares do "Correio do Brasil" – pediu José, assustando o dono da banca.

Entusiasmado com a idéia sugerida pela notícia, José sentou-se no primeiro banco da pracinha à procura da reportagem nas páginas internas do jornal. "Isto é o que faltava. Primeiro um impacto, um choque. Primeiro, emoção. Emoção e mais emoção para chocar. E preparar o clima propício pra minha chegada. Um clímax bem chocante. Primeiro a minha morte em acidente aéreo. Depois a surpresa: estou vivo, doutor Oliveira vive. Aí vão se emocionar e aceitar minhas explicações sem problema. Depois desta reportagem ninguém vai falar nada, me condenar, quando eu aparecer são e salvo. Morte de estudantes de medicina na Amazônia em trabalho voluntário de assistência a tribos indígenas. Acidente aéreo mata integrantes do projeto Rondon. Nenhum sobrevivente. Nem o doutor Oliveira. Isto. É isto aí! É este choque que faltava para encarar vó Mariana, enfrentar todo mundo da Curva do Cipó. Chocante. Chocante. É só mandar o recorte, sem escrever nada. E todos vão saber que doutor Oliveira é um dos mortos. E depois apareço vivinho da silva."

Logo de manhã José postou um envelope apenas com o recorte da reportagem endereçado a Rita, com remetente fictício: Depto. Civil de Integração – Amazônia, rua 9 – Setor Oeste – Brasília – DF –, X. "Vai, bomba. Voa que depois eu vou. Anuncia minha morte que depois eu chego ressuscitado." Semanas depois ele viajou a Mirante da Serra. Durante a viagem, repetiu mentalmente seu roteiro. Teria que ser uma visita bem rápida, apenas para convencer a todos dos perigos de ser preso. "O perigo não é só pra mim, mas pra parentes e amigos. Pra quem eu visitar e fizer contato. Tudo muito rápido. Doutor Oliveira tem que chegar num dia e sair no outro pra escapar da perseguição policial que pode atingir toda a família. A prova? A fotografia do campeonato de buraco na Stupindainácia etcetera, etcetera, etcetera."

Como planejado, José chegou no início da tarde em Mirante da Serra e foi direto ao guichê da empresa de ônibus informar-se sobre o primeiro horário de volta a São Paulo no dia seguinte: 4 horas da manhã. "Ótimo. Rapidez e surpresa. Melhor impossível. Tempo suficiente para resolver tudo com tia Amélia e voltar sem chance de avisarem vó Mariana na Curva do Cipó. Depois a tia explica tudo pra ela."

A meticulosa preparação não evitou que José ficasse embaraçado com a recepção de tia Amélia e das primas Rita e Isabel, intrigadas com seu aparecimento.

–Você, Zé? – gritou Rita ao abrir a porta. – Deus do céu, o Zé tá vivo!

– Mãe, olha só quem tá aqui! – também gritou Isabel.

Ainda sem perceber se sua estratégia estava dando certo, José entrou na cozinha para surpreender Amélia.

– Tia Amélia! – exclamou José, com medo da reação da tia.

– Quê isso, Zé?– gritou Amélia, quase derrubando uma panela. – Crendeuspadre! Qué matá nóis di susto, homi? Primero tava currido da pulícia, dispois cai nu avião lá no fim du mundo. Agora pula vivo na frenti da genti feito lobisome!
– É mesmo, Zé! – emendou Rita. – Não dá pra entender. Na primeira carta a polícia estava te procurando e tinha que fugir. Tia Mariana e a mãe te esconjuraram...
– Elas não entenderam, Rita – respondeu José. – É por isso que eu vim explicar. Não podia falar tudo por carta. E tem que ser depressa, tenho que voltar correndo. Não tenho culpa nenhuma mas a polícia...
– Não deu pra entender a segunda carta, Zé – cortou Rita, tirando de um vidro sobre a mesa da sala o envelope com a reportagem do acidente aéreo. – Esse remetente aqui, Zé. Depto Civil de Integração – Amazônia, rua 9 – Setor Oeste – Brasília – DF. Que é isso? Quem mandou isso, Zé? Por quê? A gente achou que você estava no avião, Zé. O que é isso então? Se você está aqui, vivo, na nossa frente, o que é isso, Zé? Quem mandou isso então, Zé? Que história é essa, Zé?
As três olhavam para José, repetindo a mesma pergunta:
– Que história é essa, Zé?
– O jornal fala que todos morreram e você tá vivo, Zé, completou Rita. – E esse departamento...
Atordoado com as cobranças, José não conseguia responder.

– É mais uma brincadeira, Zé? – insistiu Rita, zangada. – Acha que a gente não tem coração? Uma hora é um estudante perseguido, outra hora é um estudante morto. O quê que você está querendo provar? Qual é a brincadeira que está valendo, Zé? Acha que pode brincar assim com a cabeça da mãe, da tia Mariana, de todo mundo?

— Não tem brincadeira nenhuma — respondeu José, finalmente, tentando disfarçar o constrangimento. — É coisa séria, tia. Muito séria. (pausa prolongada) Não quero passar medo, logo na senhora que foi mais mãe que tia pra mim. Mas de uma hora pra outra, eles podem me pegar e sumir comigo. Qualquer hora, tia. Pode ser agora, aqui, tia. E não pergunta quem são que ninguém sabe. É feito fantasma: não tem cara, nem corpo, ninguém conhece. Chegam de repente e vão embora sem ninguém saber quem são, de onde vieram ou pra onde vão. Por isso, pensei mil vezes antes de vir aqui. Pois só de eu estar aqui já põe em risco todo mundo aqui e da Curva do Cipó. Mas eu não podia deixar dúvidas, explicar que sou inocente. Estou sendo procurado por nada, como acontece com tantos estudantes da faculdade. E no meu caso, estão achando que eu sou um líder. (pausa prolongada) Sabe? Isso piora tudo. (pausa) Como tenho cara parecida com esse tal líder, estão atrás de mim e não dá pra explicar... explicar que eu não sou ele. E o que ele fez de errado eu não sei. Só sei que a polícia está querendo me prender achando que eu sou ele, que ele é eu. É só isso, tia Amélia. Então...

— Num intindí nada, Zé — interrompeu Amélia.

— Nem eu — disseram Isabel e Rita.

— Calma, tia, deixa as meninas dormir que eu explico tudo — prometeu José, embaraçado, acenando para que fossem dormir.

— Nada disso — protestou Rita. — Eu quero escutar, tenho que saber tudo. Me usa com suas histórias e agora quer que eu fique surda e muda. Só sirvo pra mandar a mesada e ler tuas cartas pra mãe e pra tia Mariana? Explicar suas histórias...
— Eu também quero escutar — disse Isabel. — Ou não sou gente? Só porque você agora é doutor? Ou tá achando que sem nós, vai enganar a mãe, só porque ela não tem estudo? Ela fala errado mas pensa certo, Zé. Não é cega nem boba não.
— Não é nada disso, Isabel. Respeito a tia como mãe. Vocês não imaginam o perigo, o tanto que é perigoso. Quanto menos gente souber, melhor. Na Curva do Cipó...
— Deixa a Curva do Cipó pra lá, mas pra nós você vai ter que explicar e agora senão... — exigiu Rita.
— Tem qui expricá pra tua avó, aqui — cortou Amélia. — Aqui, Zé. Nada de í na Curva do Cipó. Tem qui sê aqui. I bem expricado, qui muita gente lá passô até fomi procê virá dotô. I num vão ti oiá cum zóio bão. Até praga nu teu nomi já iscutei, lá na Curva. Praga, cuspe nu chão e sinar da cruiz. Mais primero exprica pra mim. Pódi falá, qui as minina tomém vai iscutá.

José olhou para a tia sem saber como começar. Pigarreou simulando preocupação para ganhar tempo enquanto elas o encaravam.

— Pode ser a morte, tia — disse José, afinal, passando a mão direita aberta como lâmina na garganta, num gesto teatral. — Eu ir na Curva do Cipó, então, nem pensar. Pode ser uma tragédia, a desgraça da família inteira, tia.

— Mais ninguém tá falano in Curva do Cipó, fio — irritou-se Amélia, sem tirar os olhos do sobrinho, ajeitando o corpo na

taipa do fogão, onde ainda brilhavam as últimas brasas. José desviou o olhar para aqueles pontos luminosos sem nada dizer.
— Hein, Zé. Disimbucha.
— Eu pensei muito, tia — respondeu José, elevando a voz em tom dramático para impressionar. — Pensei muito. Muito tempo de angústia, um dilema ferroando as ideias dia e noite. Entre a cruz e a espada. Entre o sonho da vó Mariana de me ver médico logo e o risco de ser preso no lugar de outro e sumir pra sempre. E sem dever nada, nada, nada.
— Mas ocê robô, Zé? — indagou Amélia rispidamente.
— Não, tia. Juro, tia.
— Ocê matô?
— Claro que não, tia. Pelo amor de Deus. Não fiz nada, nada de errado. Só porque pareço com outro estudante, um desses que fazem discurso em passeatas. Entendeu, tia? Só porque saiu meu retrato no jornal e a polícia acha que eu sou ele.
— Num intendo — disse Amélia, zangada, sem tirar os olhos de José.
— Olha só aqui esta foto do jornal — continuou José, estendendo cópia da fotografia do jogo na república. — É eu que apareço no meio dos colegas da república. O jornal fala aqui que estamos disfarçando da polícia. É só um jogo de baralho. Nunca fiz nada errado. Só porque pareço com um líder, tia. E querem me prender, estão me procurando. Como se eu fosse ele. Entendeu? Eu pensei muito antes de vir aqui pra explicar pessoalmente minha situação, os perigos que estou correndo. Risco de morte, tia. É um perigo que... A qualquer hora, eles levam e ninguém encontra mais. Só de eu ter vindo aqui já

põe em risco a vida da senhora e das meninas. Mas eu tinha que vir pra explicar. É só o que posso falar. Se eu explicar mais, aí é que vai ser a desgraça.

– Dispois de tudo, di quasi quatro ano, Zé – respondeu Amélia, indignada. – Quatro ano, Zé! Sabi u qui é isso? Dispois di tanto sacrifício dus homi da Curva do Cipó... tirano todo meis um pôco do suór da cara procê. I ocê apareci cum as mão vazia? Pra dispidí? Dispidí pra quê? É pra morrê, pur acaso? Du jeito qui morreu no avião lá no fim du mundo? I dispois aparecê feito sombração e falá qui tá correnu da pulícia, Zé...

– Mãos vazia, não, tia Amélia – respondeu José, sem convicção.

– Tá bom. I u que ocê trais pra eles, pros homi qui puxô inxada procê ficá na sombra? Nu qui qui virô u dinhero muído p'lo dotô Olivera? Mostra, vamu! Não pra nóis! Mostra pra cumadi Mariana e pros ôtro da Curva do Cipó. Ocê sempre foi muito sabidão memu. Hein, dotô?!

José nada respondeu. E manteve a mão estendida com o recorte de jornal sem nada dizer. A tia descontrolou-se, aproximando-se do sobrinho com ódio.

– Grandi coisa, Zé. Num entendu nada disso, desse retrato aí. Mais pareci as história di inganá as criança, di fazê criança drurmí. Dus tempu di criança. Nóis num é criança, Zé. Ucê num é mais criança, Zé.

– Mas é a verdade, a pura verdade – respondeu José, chegando o recorte de jornal ainda mais perto de Amélia. – A minha história... do jeito que estou falando, é a pura verdade. Olha essa fotografia. Eu aqui, olha bem. E o jornal inventou que eu era outro e o outro é o que a polícia tá procurando, tia. Mas até eu explicar pra eles que eu sou eu e não sou ele, já virei defunto. Essa história...

— Qui histora, qui nada, Zé — disse Amélia várias vezes, entre gargalhadas nervosas, para surpresa até mesmo das filhas. — Num intendu nem quero intendê essa história. Histora memu, a mió histora ucê num sabi, Zé. Ucê num sábi, num sábi memu, Zé.

— Que história, tia? — estranhou José. — Que história pode ser pior que essa? Eu...

— Pió num falo, mais mió, muito mió qui a tua histora é. Ah! Isso é.

— Mas que história, tia? — insistiu José, buscando com o olhar o apoio das primas. Amélia deu um passo atrás, aproximou-se do fogão e revolveu devagar a cinza e as brasas com um graveto, instigando ainda mais a curiosidade do sobrinho e das filhas.

— Como assim, tia? O que a senhora quer dizer?

— Ocê qué sabê di verdade?

— Claro que quero, tia.

— Óia lá. Tem qui tê tutano pra guentá a trivuada. Tutano, Zé. Muito tutano.

— Eu tenho, tia. Conta logo...

— Óia qui tô avisanu.

— Conta, mãe! Conta, mãe! — pediram Rita e Isabel, em coro.

— Conta, tia — repetiu José. — Conta, conta logo.

Com olhar duro, Amélia virou-se transfigurada para as filhas e depois encarou José.

– Eu avisei, Zé. Senta ceis tudo aí nesse banco. Senta qui essi causo é feito pé di vento: dirruba pau i rola pedra.

Assim que José sentou-se entre as primas, num banco tosco encostado à parede, Amélia apoiou-se no fogão e permaneceu calada, aumentando a tensão e a expectativa dos três e provocando gritinhos nervosos de Rita e Isabel.

– Conta, mãe! Conta, mãe!

– Cala boca, minina. Êssi causo nem era pra chegá nus ovido doceis duas. Num é coisa pra criança. Óia, nem pra genti grande. Mais quem pedi purmenta tem qui ingulí fogo. Ucê pidiu, vai tê, Zé.

Silêncio. Apenas estalos das últimas brasas no fogão. Por conhecer bem a índole da tia, José pressentiu uma revelação gravíssima. As meninas entreolharam-se. Com os olhos fechados e voz embargada, Amélia começou a falar com dificuldade, palavra a palavra, cortando frases, fazendo pausas para controlar o choro, enxugando as lágrimas com a ponta do pano de prato. E terminou sua história com os olhos fechados, para espanto das filhas e do sobrinho que a fitavam estarrecidos. Ao abrir os olhos, viu à sua frente a figura de José, minúscula, distante, aproximando-se lentamente até assumir o tamanho natural – pálido, olhar de terror, mãos entrelaçadas. As meninas abafavam o choro com as mãos na boca. Por algum tempo todos permaneceram em silêncio. Até que a tia levantou-se esfregando o pano de prato no rosto.

– Vamu pará. Pára, pára qui aqui num tem difunto pra chorá. Num morreu ninguém nessa casa. I ocêis pidiro, num pidiro? Pidiro eu contei. I tá contadu. – Como ninguém respondeu, ela insistiu no mesmo tom de advertência – Pidiu chuva tem qui guentá a trivoada. Ê, Zé. Apruma, home. Tá pareceno difunto com essa cara. Pra quem tá pra sê dotô, qui diferença faiz sê fio di Pedro ô di Paulo? Du Toninho ô du Mamudi?"

Ao ouvir a última palavra, José reagiu num desabafo emocionado:

– Mas tia, não sou filho de Pedro nem de Paulo nem de Antônio. Não sou filho de ninguém. Pelo que a senhora contou, não tenho pai. Só mãe morta. Meu pai é um canivete de cabo de osso. É o que sobrou dele, tia Amélia. Um canivete de cabo de osso enterrado num buraco de tatu, lá na Curva do Cipó. Que a vó enterrou por medo de castigo, medo do frei Cristiano.

– Intendu tua dor, Zé. Mais num faiz ingratidão. Apois tiraro suó da cara i cumida da boca procê, home. Procê virá dotô. É a raiva de muita gente lá. Num mistura uma dô cum ôtra dô!

– Não vê qui tua história tá acabando com ele, mãe? – gritou Rita, abraçando José. – Já não chega, mãe? Tem piedade do coitado.

– Não tem o que misturar, tia. Essa dor é só minha. A outra é de todos, eu sei. Por isso eu vim aqui. Ao menos a senhora fala pra vó Mariana, explica o que eu vim explicar, tia. Mesmo sem entender ou sem acreditar, eu te peço. Explica que é um engano da polícia, mas tive que me defender, escapar de morte certa. Parar o estudo até passar o perigo.

– Cruiz im credo, Zé – persignou-se Amélia. – Ocê num vai morrê.

— Não vou morrer, tia, porque já morri. Acabei de morrer — disse José, soltando-se de Rita. — O que sobrou disso tudo que a senhora falou, tia? Hein, tia? Fala! O que sobrou? Um canivete, tia! Um canivete enterrado e o ódio do povo da Curva do Cipó. Como a senhora disse, todo mundo amaldiçoando o doutor Oliveira, jogando praga e cuspindo no chão. Mais nada. Nada. E por cima, a polícia no meu calcanhar. Falei o que tinha que falar e escutei o que nem o talecoisa esperava escutar. Agora que já estou morto, que diferença faz a polícia me prender? Só por vocês. E é por vocês que eu vim, que estou aqui. E é por vocês que eu tenho que ir embora logo, antes que amanheça.

— Vou com você até a rodoviária, Zé — disse Rita, segurando a mão de José. — Quero ficar com você até a hora do ônibus.

— Nada disso, Rita — respondeu José, insistindo na versão da perseguição. — É muito arriscado. É arriscado pra todos. Até o pessoal da Curva do Cipó corre risco. A polícia pode descobrir que são meus parentes e aí...

— Num pódi sê, Zé — lamentou Amélia.

— Mas é, tia. Por isso tenho que ir no ônibus da madrugada. Por segurança pra mim e segurança pra vocês.

Ainda na cozinha, José despediu-se da tia e de Isabel com abraços apressados e beijos ríspidos. Rita o seguiu até a porta da sala. Ainda com medo de dizer a verdade sobre os fracassos no vestibular, mesmo atordoado com as revelações da tia, ele prometeu voltar à faculdade quando não houvesse risco de ser preso.

– É só por um tempo, prima. Logo que ficar esclarecido que não sou quem estão pensando. O líder estudantil parecido comigo. Depois eu volto e termino o curso.

Rita esboçou uma resposta, mas desistiu.

Minutos antes da meia-noite, José saiu pelas ruas desertas e escuras a caminho da rodoviária, abalado com as palavras de Amélia, não apenas pelos reais motivos que inspiraram os planos da avó de mantê-lo longe da família, mas também pelo ódio que isso despertou nos parentes. Sentou-se perto do guichê da empresa de ônibus sem se preocupar com a espera de nada menos de quatro horas, que passaram entre cochilos, acompanhados de ecos da voz de Amélia advertindo que o "causo é feito pé di vento qui dirruba pau i rola pedra". "Quem pédi purmenta tem qui ingulí fogo. Ucê pidiu, vai tê, Zé. A mió história ucê num sabi, Zé. Intão iscuita bem. Ocê pidiu, vai iscutá."

Imagens de pães redondos e canivetes de cabo de osso acompanhariam José de volta a São Paulo.

17. Querido canalha

Com o corpo atravessado nas duas últimas poltronas, José fechou os olhos embalado pelo ruído monótono do ônibus, ainda aturdido com as revelações da tia, que despertavam confusas lembranças de episódios que julgava esquecidos para sempre e evocavam incômodos personagens. "A mió históra ucê vai iscutá. Vai iscutá agora agorinha. I ucê tá bem nu meiu di tudo, Zé." Rememorou cenas da mãe no hospício. A avó gritando e dançando à sua volta no terreiro da Curva do Cipó. O vulto fugidio de Antonio. A figura imaginária de Mamude sem rosto. O avô e os tios curvados empunhando enxadas.

Após forte solavanco que interrompeu suas divagações, José acomodou-se de novo na poltrona e percebeu um fio morno deslizar na face direita. Lágrimas salgadas no canto da boca, garganta apertada. Tentou resistir mordendo os lábios, mas acabou chorando. E alinhou impropérios e xingamentos, revoltado com a farsa de que se sentia vítima – o falso sonho de torná-lo doutor a qualquer custo para afastá-lo da família. Da Curva do Cipó. De Mirante da Serra. "Me expulsaram. Me expulsaram de mim mesmo. Simplesmente me mataram. Antes mesmo de nascer. Mas não vai ficar assim. Vou me vingar. Ah, vou mesmo. A verdade tem que ser dita... e escrita. Sim, escrita." E repetiu a promessa de não adiar nem mais um dia o plano antigo, renovado ao revisar obras de ficção, de aproveitar as anotações de seu caderno e escrever o livro de sua vida. "Filhos da puta. Vocês pensam que vão me matar assim tão fácil? Hein? Uma criança e um adolescente ainda vai. Fizeram o que queriam. Mas agora não. De novo não. Não vão me matar de novo. Chega de mentira. Vou escrever a verdadeira história. Uma história de crueldade."

Certa vez, ao revisar parte do Velho Testamento, José escolhera por brincadeira um título para o livro que vez ou outra pensava escrever, agora estimulado pelas revelações da tia: *Livro de José*. E enquanto remoía as palavras mais exaltadas de Amélia, em tom de maldição, sentiu desaparecer o remorso e o sentimento de culpa, substituídos por um misto de alívio e frustração. Assim que chegasse a São Paulo, pensava, tiraria o velho caderno da gaveta e começaria a escrever tudo sobre conflitos reais e as peripécias fictícias de um herói traído pelos ancestrais num tempo sombrio, de perseguições e morte. "Agora fiquei sabendo que me culpam por ter enlouquecido minha mãe, mesmo antes de nascer. Que disparate. E essa perseguição da polícia? Será que não vão parar quando prenderem o líder estudantil com quem estão me confundindo? E agora, aquele que era meu pai de mentira é só o Toninho, viúvo da Rosinha que eu enlouqueci. E o meu pai? Será que voltou para o Líbano? Mas que diferença faz?"

Antes de desembarcar na rodoviária, José olhou atentamente pela janela do ônibus com medo de ser surpreendido por um cerco policial. Ao passar pelo saguão, olhou desconfiado para os cartazes dos militantes perseguidos pela ditadura. Lá estavam eles seguindo-o de novo com olhar acusador. Apressou-se em chegar à pensão para se colocar a salvo. E trabalhou até de madrugada preocupado com o exíguo prazo para entregar o livro de botânica que estava revisando e ansioso para ver-se livre para começar a escrever.

Com a idéia fixa de encontrar Mamude, com a intenção de dedicar-lhe um capítulo de sua autobiografia, por vários dias José vagou pelo centro de comércio atacadista de São Paulo. Embora obsecado para se defrontar com aquele desconhecido, que considerava responsável pela doença e morte da mãe, não demorou a desistir de suas buscas, decidido a direcionar sua fúria para o seu *Livro de José*, dedicando um capítulo ao pai: "Meu querido canalha". E passou o fim de semana às voltas com sua obra, na verdade uma desordenada sequência de desabafos.

"A vida na clandestinidade estava cada dia mais insuportável. Torturante e sem sentido. Será que nunca vão parar de me perseguir, nem mesmo se prenderem esse tal líder estudantil com que estão me confundindo? Confundindo? Confundindo nada, porque sou mesmo um líder estudantil. Agora recebo este presente de que enlouqueci minha mãe e sou filho de um mascate que desapareceu. Meu pai mesmo, meu pai verdadeiro, esse eu nunca vi nem conheci, não sei se está vivo ou morto. Mas que diferença faz? E escorreguei na casca de banana do desespero... um pânico de besta. Um vazio dos diabos. Aterrador... Aliás, desespero uma merda. Fui puxado na rua pela coleira da estupidez direto pra rua 25 de Março, com a idéia imbecil de que lá poderia encontrar o tal Mamude no meio daquela multidão de árabes. Afinal já tinha passado tempo suficiente pro mascate do fim do mundo virar lojista naquele formigueiro. E pra quê? Por que, meu Deus? E daí? Pra matar o desgraçado? Pra pedir a bênção desse demônio? Ou enfiar uma faca nos seus malditos olhos esverdeados que ele me deixou como herança? O canalha que explorou a miséria da minha mãe... por meia dúzia de pães... meia dúzia de pães... e depois desapareceu, o canalha. O grande canalha! Mas será mesmo tão canalha o tal turco? Sem o desgraçado eu nem existiria. E daí? Que diferença ia fazer? E por acaso eu existo? Existo? Hein?... Bem, lá fui eu. Pela coleira da estupidez como um vira-latas... Acrescentando à minha coleção de cretinices mais uma. Pra alívio da minha consciência pus na cabeça que ao menos não fui o único culpado pela loucura da minha mãe, não fui eu que a enlouqueci sozinho. Mas logo esqueci essa besteira. E aí fui seguindo feito um celerado. Vaguei como espantalho pelo labirinto das ruas da região da 25 de Março entrando e saindo das lojas como se fosse topar com o canalha em qualquer uma delas. Com meia dúzia de pães nos braços... Não, sentado numa montanha de roupas e... de ouro! E mesmo arriscando ser preso pelos urubus do Deops, andei, andei, andei. Até quase perder os pés... já que tinha perdido o resto. Com a voz da tia Amélia martelando na cabeça, por dentro. Bem lá dentro da cabeça. E sempre puxado pela coleira da estupidez voltei pra casa decidido a me vingar do maldito Mamude. Castigar o canalha no meu *Livro de José* com este 'Querido Canalha'."

18. Sangue nos lençóis

A excitação de José com seu livro o fazia confundir cada vez mais o real e o imaginário, a realidade com a fantasia. Assim, não conseguia, por exemplo, distinguir os verdadeiros riscos a que se expunha ao sair pelo portão da pensão Estrela dos perigos que engendrava para seus Josés, em especial o líder estudantil. Tudo sob os perturbadores efeitos das revelações de tia Amélia. Vozes, de seres invisíveis, passaram a surpreendê-lo com frequência. Ruídos noturnos convertiam-se em fantasmas ameaçadores. O silêncio multiplicava inimigos à espreita, prontos para persegui-lo pelas ruas, a invadir o quarto e asfixiá-lo durante o sono. A vigília noturna, por horas a fio, tornou-se uma rotina desde que um mensageiro misterioso – e nunca visto – o alertara para se proteger de uma trama para degolá-lo de madrugada. O estranho conselheiro não lhe dava trégua nem nos sonhos.

No início de uma noite de sábado, o misterioso protetor ordenou que José fugisse depressa para bem longe e só voltasse de madrugada, para não ser preso num cerco da polícia à pensão. Ele saiu desorientado e acabou numa sessão gratuita no Teatro São Pedro. Na volta, já de madrugada, caminhava sob o elevado da avenida General Olímpio da Silveira, o minhocão, quando ouviu passos vindos de um beco escuro atrás dele. Parou, silêncio. Mais um passo, outro estalo. E de nada adiantou pisar bem de leve, sem nenhum ruído: um estalo seco multiplicou ecos em todas as direções. José sentiu um arrepio. Apavorado, inspirou fundo e reteve o ar. Preparou-se para o pior. "É agora! O tiro." Quis correr mas conteve-se. As pernas não reagiriam. Leve vertigem. Quase caiu. "Correr. Tenho que correr. Com tudo. E se a pensão ainda estiver cercada? É já." Saiu rápido mas com cuidado para esconder que estaria fugindo. Perseguido de perto pelo eco, passou de uma calçada a outra em zig-zague, à espera de uma bala na nuca, nas costas. À espera da morte. Quem o estaria perseguindo afinal? Agente do Deops ou assaltante? Os ecos cada vez mais perto, como passos de uma tropa em marcha acelerada. Lembrou-se dos brucutus, veículos blindados com seus jatos dágua vermelha marcando os manifestantes a serem presos. "A bala. É agora. Vai atirar. Minha mão está vermelha... o jato dágua... o corpo inteiro vermelho. E agora?" Ouviu vozes e motores acelerando. "Com essa tinta eu não escapo." Vários quarteirões de suspense e suor. Na esquina da rua Amaral Gurgel com o Largo do Arouche concentrou-se, inspirou fundo, reuniu todas as forças e disparou rumo ao bairro do Bixiga. "A bala na nuca. É agora." De novo a voz do conselheiro invisível. "E se a pensão estiver cercada?" O medo do tiro na nuca o impeliu a continuar correndo. E ele só parou ao chegar na rua Abolição, para não despertar a atenção de outros pensionistas ou de algum agente que ainda estivesse à espreita. Não viu ninguém. Entrou arfando na pensão e foi direto para o quarto. Sem acender a luz, tirou os sapatos e a roupa, jogou-se na cama e cobriu-se até a cabeça, como se assim pudesse proteger-se. Imóvel, pensou que a tinta vermelha do corpo já havia manchado os lençóis. Ao arrumar o travesseiro, inspirou o cheiro enjoativo de sangue nas mãos e sentiu náusea. Para evitar o vômito, contraiu os músculos e comprimiu o adôme com as duas mãos. "E o sangue no lençol? Dona Floripes vai me denunciar." Com o corpo molhado de suor, dormiu sem atinar que fugira por quase meia hora dos ecos dos estalos de seus sapatos contra o asfalto.

Ao acordar, levantou o lençol preocupado, mas não encontrou nenhuma mancha vermelha. Nada de sangue.

Perto do meio-dia, como fazia todos os domingos, José foi almoçar num bar da rua Santo Antônio. Ao perceber que um freguês o observava com insistência da outra ponta do balcão, apressou-se em pagar a conta e saiu. Na volta à pensão, olhou várias vezes para trás para ter certeza de que não estava sendo seguido. No quarto, encontrou Adão dormindo. Com cuidado para não acordá-lo, pegou os originais de um livro de história geral e foi revisá-los na sala.

Assim que abriu o livro no capítulo sobre gladiadores romanos, ouviu a voz de Aloísio. "Não confie em ninguém." Desistiu do trabalho e resolveu tomar banho. Ao voltar para o quarto, olhou demoradamente para Adão mas não o reconheceu. Antes de deitar-se, ficou observando, desconfiado, os movimentos da respiração de seu companheiro e único amigo como se fosse um estranho. Não achou seguro deitar-se. Sentou-se na cama sem tirar os olhos daquele desconhecido até adormecer recostado à parede.

19. Por segurança

Por tudo o que sofrera e descobrira na viagem a Mirante da Serra, José decidiu manter a sua versão da clandestinidade para vingar-se da família. Para isso, continuaria a pôr em prática o mesmo artifício usado pelas mulheres para inventar histórias de enganar a fome, que ele adotara desde criança, transformando-o num jogo de criar personagens. Personagens que acabaram libertando-se do criador e passaram a comandá-lo, submetendo-o a estranhos caprichos. Com um misto de orgulho e vergonha, lembrava-se da origem da primeira de suas criações: o futuro doutor José Oliveira da Silva, gravado na capa do caderno por exigência da avó. Na sua ingenuidade, não percebia então que para agradá-la enganava a si mesmo, renunciando à própria vontade. E gerou o duplo que tomaria o seu lugar, expulsando-o e apoderando-se do comando de sua vida de maneira caótica. Naquele jogo de simulações acabou criando no seu íntimo o reino nebuloso de um José sem identidade nem existência real. Um eu vazio, o não-eu. Oco.

Por um paradoxo, tal foi o êxito de seu artifício que José nem se deu conta quando o seu invisível Pinóquio libertou-se do criador, aprisionando-o num labirinto de espelhos fugidios. Não percebeu também quando os dois fios do pêndulo de seus caprichos – as franjas do real e os cordéis do imaginário –, escaparam de seu controle e se emaranharam de tal maneira que ele não conseguiu mais manipulá-los e dirigi-los como no início. A tal ponto de não saber, como agora, qual dos Josés de sua galeria estava em ação em determinado momento, em certa circunstância: se o doutor Oliveira da vovó; se o jovem pobre que fugiu da miséria para vencer na cidade grande; se o falso estudante sem destino nem sonho pessoal; ou, ainda, se o último deles, a entidade nascida para justificar a fuga para São Paulo – o líder estudantil que interrompera o curso de medicina nunca iniciado. E mais: esse último duplo – ou múltiplo – tinha duas variantes, de acordo com necessidades também artificiais: enquanto fingia para a família ser o estudante confundido com militantes da esquerda, para os raros conhecidos, como Adão, apresentava-se como aluno pobre obrigado a deixar os estudos para sustentar a família. E o isolamento tornou-se indispensável para a sobrevivência dessas criaturas. Assim, afastou-se das raras amigas que se aproximaram, interessadas num simples namoro, com uma justificativa tomada de empréstimo a líderes estudantis que transitavam na Stupindainácia: qualquer contato ou vínculo de parentes ou amigos com um militante poria em risco a vida de todos. Nada menos que quatro Josés sem perfis precisos, limites definidos, numa ciranda desordenada.

Numa noite de folga de Adão, o José líder estudantil acordou de madrugada com o ronco do vizinho de quarto, sentou-se na cama e ficou olhando-o de longe, iluminado apenas por uma claridade que entrava por uma fresta da janela. Desconfiado, levantou-se, deu um passo e abaixou-se para observar bem de perto o rosto do colega. Levou a mão ao interruptor para acender a luz e melhor observar aquele homem, mas retraiu o braço bruscamente. E parado bem perto de Adão, ficou perguntando-se: "Quem será? Quem é?" À segunda pergunta, escutou a voz de Aloísio: "Só confie em Beatriz. Não confie em mais ninguém. Só em Beatriz." Afastou-se ainda mais assustado e voltou a sentar-se na cama. "Será que é um agente disfarçado? Infiltrou-se aqui pra me prender." E sem tirar os olhos de Adão, permaneceu sentado até amanhecer, como da primeira vez em que estranhou o colega de quarto. Só que agora acordado.

De manhã, assim que ouviu a voz de Floripes no corredor, José apressou-se em pedir sua imediata mudança para o quarto de uma cama só, nos fundos da pensão, alegando necessidade de trabalhar à noite sem incomodar o colega. Transferiu-se rapidamente, tomando cuidado para não deixar para trás nenhuma prova que pudesse incriminá-lo, em especial o caderno com anotações do *Livro de José*. Assim que se viu sozinho, uma sensação de liberdade o estimulou a brincar diante do espelho oval do velho guarda-roupa de seu novo quarto. Fez caretas em diversas posições e divertiu-se com uma longa sequência de gargalhadas. Em seguida jogou-se na cama e ficou olhando na parede as manchas de mofo que pareciam formar o mapa do Brasil. Lembrou-se novamente dos gritos de Aloísio e perguntou-se em voz alta: "Onde andará Beatriz? Em que ponto desse labirinto? Quando será que vai chegar?"

Confortável em seu isolamento, José deitava-se e ficava olhando as manchas na parede, como se observasse a rota de

Beatriz para São Paulo. Para encontrá-lo. E decidiu que em breve cobriria os borrões de bolor da parede do novo quarto com um mapa em que pudesse acompanhar a viagem da namorada de Aloísio.

José passou a cumprimentar Adão apenas de longe, quando não conseguia esconder-se ou desviar do antigo companheiro de quarto pelos corredores da pensão Estrela. "Tem tudo de agente do Deops infiltrado."

A umidade espalhava-se pela parede cinza do novo quarto, em linhas e formas que pareciam a José a curiosa réplica de um mapa mundi composto por várias manchas, de que se destacava o borrão do Brasil. Ele acompanhava o avanço do mofo com o interesse de quem seguia uma novela de tevê ou lia um diário de campanha. A cada dia as fronteiras daquele território expandiam-se acrescentando novos detalhes e consolidando áreas já conquistadas. Antes de dormir e ao acordar distraía-se admirando o exército de bolor ampliar seus domínios, superar seus limites. Sobretudo aos domingos, não se cansava de contemplar a obra contínua das mãos invisíveis que cobriam a parede escura salpicada de pontos verdes de musgo. Durante a semana, após realizar sua inspeção à distância, José saltava da cama e aproximava-se para conferir a evolução noturna de seus "quatro continentes" na superfície úmida e embolorada. E imaginava Beatriz percorrendo aquele labirinto, para pegar a caixa que Aloísio lhe entregara, mesmo sabendo que ela continuava enterrada no porão da Stupindainácia. "Não tem importância. Ela vem. É o que interessa. Eu digo a ela onde escondi."

A figura idealizada de Beatriz, que José jamais vira, passou a acompanhá-lo até mesmo nos trabalhos de revisão. Certo dia, interrompeu a correção de um livro sobre desenhos rupestres de caçadores primitivos, olhou detidamente as manchas na parede e teve uma ideia esdrúxula para atrair Beatriz. "Se eles capturavam os animais com seus desenhos nas pedras, vou também atrair Beatriz com um mapa na parede. Vou desenhar a rota dela até São Paulo. Vou capturar a Beatriz. Ela vai seguir o meu roteiro. Se funcionou na pedra, funciona na parede. Se não funcionar na parede é porque a história é uma grande mentira. Eureka! Eureka, cabeça de peteca. É pregar o mapa e riscar o itinerário que Beatriz logo chega."

O ritual para atrair Beatriz não se limitou a meros exercícios de imaginação. Certa noite José entrou na pensão com um embrulho debaixo do braço e atravessou o corredor às pressas. Assim que trancou a porta do quarto, desfez o pacote cilíndrico e dele retirou um grande mapa rodoviário. Agitado, abriu-o e o pendurou na parede aos pés da sua cama. Depois afastou-se alguns passos para admirar o labirinto colorido e brilhante, orgulhoso de sua audácia. Em seguida aproximou-se e deslizou devagar a mão na superfície lisa como se acariciasse um animal de estimação. Sorriu vitorioso, foi até a mesinha de trabalho e voltou para concluir a operação. Percorreu o mapa de cima abaixo com a ponta de um alfinete, parou, refletiu, calculou e finalmente... o fincou no ponto inicial da rodovia 471, precisamente em Soledade, no extremo sul do Rio Grande do Sul. E proclamou bem alto: "De Soledade para São Paulo! E Beatriz começa, enfim, sua viagem.

Boa viagem, Beatriz. E não desvie sua rota. Vou te esperar no fim da viagem. Não vá desmentir o Aloísio."

Com uma esferográfica vermelha José ligou trechos e mais trechos de rodovias, de Soledade a São Paulo. Não satisfeito, escreveu "Rota de Beatriz" em letras maiúsculas no alto do mapa.

20. Maldito Griffin

A solidão e o isolamento de José agravaram-se depois da viagem a Mirante da Serra. Logo ao chegar, trancara-se no banheiro, chorando num murmúrio abafado para não atrair a atenção de ninguém da pensão. "Morre, lobo solitário. Um tiro na testa, uma punhalada nas costas. Nenhum doutor Oliveira vai te salvar porque ele já está morto, nunca existiu. Nada de líder estudantil ou de filhinho salvador da família miserável. Todos os Zés e Josés estão mortos. Malditos fantasmas."

Inspirando-se no atormentado Griffin, personagem de *O homem invisível*, de Wells, um dos primeiros livros que revisara, José mergulhou numa espécie de limbo, repetindo o jogo de fazer-se/tornar-se invisível. Envolto na túnica imaginária da invisibilidade, vagava pelas ruas e pelo passado, embalado por fantasias sem se importar com horários e obrigações que não fossem a revisão de livros. Até mesmo o medo de ser preso se dissipara. Porém, no final de uma dessas temporadas de torpor, uma espécie de sonambolismo, quis voltar ao mundo real e foi surpreendido: portas fechadas, os caminhos do retorno haviam desaparecido. Perdera o habitual fio de Ariadne que o guiaria de volta à realidade, esquecera os conhecidos truques para reencontrar o José de sempre. Artifícios tão simples como trocar de roupa: bastava despir-se da sua invisibilidade e vestir a armadura do real para retomar sua rotina. Agora não. Impossível voltar. Ninguém o via. Ele simplesmente não existia para ninguém. Nem Zé nem José.

Que dolorosa a angústia de Zé ninguém, o Zé invisível. Que tortura a espera e a procura por alguém que ao menos dissesse o seu nome, o resgatasse do limbo que, ao protegê-lo, acabou por aprisioná-lo. No silêncio da Estrela ou no tumulto das ruas, torcia para que alguém o chamasse, gritasse por ele. José e nada mais. Ou mesmo Zé da Curva do Cipó. A ansiedade, cada vez mais intensa, castigava-o com sucessivas alucinações. Muitas vezes ouvia pelas esquinas a voz dos colegas com antigas pilhérias das salas de aula. "A Curva do Cipó é um conjunto vazio, professor." Com frequência parava no centro da cidade, supondo que alguém tivesse gritado seu nome ou seu apelido. Mas nada. Apenas frustrações. E mais solidão. A qualquer som, interrompia o trabalho tentando identificar uma voz vinda da rua. Corria até a porta, atraído por um sonoro José ecoando pelos corredores da pensão. Mas ao sair, não via ninguém. Depois de esperar por novo chamado, voltava para a revisão de seus livros com o mesmo jogo de palavras. "Ninguém vezes ninguém, igual a ninguém."

– Pois não, o senhor me chamou? – perguntou a um turista certa vez, ao atravessar a avenida Ipiranga. O homem assustou-se e correu para longe. Outro dia aproximou-se de uma mulher e seu cãozinho branco certo de que ela dissera o seu nome.

— Não falo com estranhos! — gritou a mulher, agarrando o cachorro como se empunhasse uma arma. — Fique longe! Ou chamo a polícia!

José afastou-se desapontado, porém não desistiu de sua busca, pois a necessidade de ser visto e/ou percebido tornava--se mais forte que qualquer dissabor ou perigo. Uma espécie de fome, aguda, superava qualquer medo.

Após seguidas frustrações, José acabou desistindo de livrar-se da sua invisibilidade. E culpou-se por ter capitulado, não sem antes amaldiçoar Griffin, o invisível, que o iludira, o induzira a erro com falsas promessas: *E contemplei, sem a sombra da dúvida, uma visão magnífica do que poderia ser a invisibilidade para um homem — o mistério, o poder, a liberdade.*

Sábado de sol e silêncio na Estrela.

José acordou com Paulinho da Viola cantando *Sinal fechado* no teto do quarto. *Olá! Como vai?/ Eu vou indo. E você, tudo bem?/ Tudo bem! Eu vou indo, correndo pegar meu lugar no futuro... E você?* Corpo imóvel, cabeça colada ao travesseiro, reteve a respiração para descobrir de onde vinha a música. E sem abrir os olhos, como se procurasse o segredo de um cofre, deslizou de leve a mão direita dos cabelos à testa, ao nariz, olhos, lábios, até o queixo. Em seguida, aproximou-a dos lábios e soprou várias vezes para ter certeza de que não estaria sonhando. Não, não estava. Abriu os olhos, a música continuou em algum ponto do teto (na verdade, transmitida por um rádio à pilha de alguém na rua). *Tanta coisa que eu* tinha a dizer, mas eu sumi na poeira das ruas... /Eu também tenho algo a dizer, mas me foge à lembrança!/ Por favor, telefone/ Eu preciso beber alguma coisa, rapidamente... Num impulso, saltou da cama e ficou de pé diante do espelho mas... mas... não se viu, não viu nenhuma imagem. Nada além da superfície lisa. Em vão abriu e fechou os olhos uma, duas, três, várias vezes. Nem mesmo o hálito a embaçar o espelho. Soprou duas vezes. Nada. Atônito, agitou os braços em círculos. Nenhum gesto visível. Nenhum sinal. Desespero. Deu seguidos saltos e estacou. Inspirou e soprou com força. Estufou o peito num duelo mudo com o espelho vazio. Improvisou uma dança patética de passos à esquerda e à direita. E conferiu, à procura do próprio corpo, da figura completa. Ou qualquer membro – da cabeça aos pés. O espelho vazio. A voz de Paulinho da Viola foi superada pouco a pouco pelas últimas palavras de Marília, sua frustrada tentativa de namoro, na véspera da viagem para Belo Horizonte. Um rompimento inesperado em que ela transformou a despedida numa espécie de vingança. "Nascer da mãe todo mundo nasce, Zé. O que vale mesmo é nascer com as próprias mãos. Nascer das mãos e não só da mãe, entendeu? Sair do útero todo mundo sai. Se não sair por bem, alguém puxa. Parir com as próprias mãos é que são elas. Não adianta dar uma de vítima nem de herói. Não faz diferença ser Zé na Curva do Cipó ou doutor José na Capital. Não interessa, não muda nada. Nascer com as próprias mãos é o que importa, o que muda tudo. Não tem escolha, Zé. É tudo ou nada, ou nasce ou não nasce. E isso você nem imagina ainda o que seja, Zé. Então é melhor a gente ficar por aqui. Segue tua vida, vai nascer com as próprias mãos, depois me procura. Quando você nascer, ou melhor, se você nascer com as próprias mãos, nascer de verdade, você me procura, tá?"

Num brusco rodopio José deu as costas para o espelho e amaldiçoou de novo *O homem invisível*, que desde sua leitura dera vida nova à sua clandestinidade imaginária. "Maldito Griffin! Maldito homem invisível!" E deitou-se de novo, soltando a cabeça no travesseiro como se jogasse um pacote em algum depósito. Virou-se para o canto, cobriu a cabeça com o lençol e dormiu.

No início da noite acordou lembrando-se da música, de Marília e do espelho vazio na sua frente. Tentou adivinhar as horas pelos ruídos da rua e pelas vozes no corredor da pensão. Dia? Noite? Madrugada? "E daí? O que importa? Que diferença faz ser invisível no claro ou no escuro? De dia ou de noite?" Virou-se na cama e, com um olho só, ficou espiando o espelho oval na porta do guarda roupa como se vigiasse um inimigo.

Afinal, levantou-se, correu até a cadeira no canto do quarto, evitando passar na frente do guarda roupa, e pegou a toalha de banho ainda úmida da véspera. Deu três passos e num movimento rápido, como se capturasse um animal perigoso, cobriu com a toalha a frente do velho móvel, pois não suportaria passar mais uma vez na frente do espelho sem se enxergar. Sem ver a própria imagem. Pois tinha certeza de que se o afrontasse seria de novo derrotado: o espelho permaneceria vazio, vazio do seu corpo.

Em seguida tirou o caderno da gaveta e começou escrever e reescrever trechos do seu *Livro de José*.

"*Provisoriamente, meu nome é José. Sou filho de uma mulher que enlouqueci antes de nascer e de um canivete de cabo de osso que minha avó enterrou num buraco de tatu. E me condenou a ser o doutor Oliveira, para me ver longe de todos... longe, longe... longe de mim. De mim! Sim. Sim. De mim. Mim. E me mandou escrever na capa do primeiro caderno 'doutor José Oliveira da Silva'. Pra não esquecer quem eu era. Pra eu não acabar como mais um Zé da Curva do Cipó. Mas nunca fui nem vou ser Zé. Muito menos doutor Oliveira. Sou simplesmente ninguém! Nunca fui nem vou ser nada a não ser ninguém. Ninguémmmmmmmmmmmmmm. Um ninguém que não sabe de onde veio, onde está e pra onde vai. E como não existo, sou um completo ninguém. E óbvio que nenhum alguém vê esse Zé ninguém. Esse completo ninguém que é filho do pão, de uma louca e de um canivete de cabo de osso. Única prova da existência de outro ninguém chamado pai. Que também não existe e nunca existiu pra mim. Mim, mim, mim. Um não-eu, que não existe, que é ninguém. Então levanta da lama, filho de pão com canivete de cabo de osso. Tira o pé da lama, filho da fome. Porque só há duas chances de nascer, de existir, ser alguém. Uma é nascer da mãe, outra é nascer das mãos, das próprias mãos. Essa é a mais importante, o verdadeiro nascimento. O único parto que importa. Sem o segundo nascimento, estamos mortos, não temos vida. Somos fetos eternos, eternos fetos. Eu sou um feto, sou filho do pão, filho da fome. Sou Griffin, o invisível. Invisível. Enlouqueci minha mãe antes de nascer. E minha avó me matou pra fazer da sobra, do meu cadáver, o Dr. Oliveira. Que caiu na clandestinidade pra escapar da prisão, das trevas. Pra não ser desmascarada a comédia do doutor Oliveira. Uma coleção de mentiras, fantasmas. Por isso, não existo, não nasci. Sou feto eterno. Eterno feto que ninguém vê. Nem eu nem eu nem eu. O zero que não existe pra ninguém ninguém ninguém. Já imaginou o pesadelo de ser invisível? Não aparecer nem no espelho? Não ser visto nem pelo espelho? Os olhos enormes do espelho. Você está fazendo a barba e de repente... olé!... você some do espelho! Só fica o espelho vazio frente a frente com você. Dá até pra ouvir a gargalhada dele. E até a esculhambação dele olhando pra tua cara. 'E aí, imbecil, está me olhando por quê? Aqui você não vai encontrar nada. Vai procurar noutro lugar'. Já imaginou uma coisa dessa? Olhe bem pra esse ninguém, esse ninguém invisível, que você não vai enxergar nada, nada. Não verá nada nada nada. Nada vezes nada. Porque eu não sou nada, nada. Não sou nem mesmo Zé ninguém. Sou ninguém ninguém ninguém. Este retrato de ninguém é o primeiro capítulo do* Livro de José, *ou melhor, do Livro de Ninguém. Se cruzar comigo na rua, olhe só pra esse ninguém. Tente. Vamos. Tente enxergar esse Zé Ninguém. Vamos ver se é capaz. Pois nem eu enxergo esse ninguém. Ninguém ninguém ninguém. Nem o espelho. Tudo é uma grande mentira! Um espelho vazio."*

21. Prendam Kafka

José sentiu-se exausto ao concluir a revisão de dois insípidos livros didáticos, pressionado pela editora que tinha pressa em publicá-los. Os temas enfadonhos de educação moral e cívica lembraram-lhe as aulas do colégio de Mirante da Serra, o que aumentou sua fadiga, associada à frustração por não ter escrito sequer uma linha do *Livro de José* nos últimos três dias.

Além do cansaço, uma forte dor nos olhos obrigou José a deitar-se e cobrir o rosto com uma toalha úmida. Mas logo quis verificar o grau de dificuldade da obra que teria de corrigir em seguida. Ainda deitado de costas, alcançou a primeira folha num movimento preguiçoso e afastou a toalha dos olhos. Em seguida, esticou os braços para o alto e foi encolhendo-os devagar, até uma distância cômoda para a leitura. Ao terminar, jogou a toalha no chão e sentou-se na cama. "O quê? O que é isso? O que é isso que estou lendo?" E releu quase aos gritos o primeiro parágrafo de *A Metamorfose*, de Franz Kafka, como se cuspisse as palavras.

"*Quando certa manhã Gregor Samsa acordou de sonhos intranquilos, encontrou-se em sua cama metamorfoseado num inseto monstruoso. Estava deitado sobre suas costas duras como couraça e, ao levantar um pouco a cabeça, viu seu ventre abaulado, marrom, dividido por nervuras arqueadas, no topo da qual a coberta, prestes a deslizar de vez, ainda mal se sustinha. Suas numerosas pernas, lastimavelmente finas em comparação com o volume do resto do corpo, tremulavam desamparadas diante dos seus olhos."*

Atirou a folha de papel para o alto e jogou-se de costas na cama. "Canalhas, canalhas! Ladrões! Assassinos! Vocês roubaram a minha obra!" Sem afastar o corpo do colchão, continuou debatendo-se e dando pontapés no ar como se recebesse choques elétricos. "É um complô contra a minha arte, a minha inspiração. Vou processar todos vocês. Canalhas. Vocês responderão por esse crime. Terão o que merecem. Kafka filho da puta!" Depois de cansar-se de tanto dar golpes no ar e repetir xingamentos, relaxou e soltou os braços abertos para fora da cama. Por alguns minutos cochilou ainda resmungando impropérios. Ao despertar sobressaltado, fixou o olhar demoradamente no teto. Em seguida virou-se e começou uma brincadeira com que se distraía nos fins de semana: olhar as paredes da esquerda e da direita, em movimentos repetitivos, acelerando o vaivém até sentir vertigem, numa espécie de embriaguez. Dessa vez, o cansaço produziu um efeito inesperado: Van Gogh começou a gargalhar no autorretrato pendurado à esquerda e logo as paredes começaram a aproximar-se uma da outra. Apavorado, ele pulou da cama aos berros. "Canalhas! Assassinos! Vocês não vão me matar. Antes eu ponho todos na cadeia. Canalhas! Ladrões!" Agarrou as provas de *A Metamorfose* e, antes que as paredes se encontrassem esmagando-o, correu para fora do quarto. E, decidido a fazer um boletim de ocorrência, continuou quase em disparada até a delegacia da rua Augusta, onde chegou esbaforido.

– Pois não? – indagou o delegado. – O que há de tão urgente, para o senhor vir aqui a esta hora?

– Por segurança doutor. Estou sendo perseguido por eles. São provas...

Ao pegar o material num gesto ríspido, o delegado fez um ar de desagrado, passando a mão na testa enquanto José esperava uma resposta, ansioso.

– Claro que são provas, provas tipográficas – disse o delegado, elevando a voz.

– Provas do crime, delegado – agitou-se José, repetindo a mesma palavra como se fosse gago. – Crime, crime, crime...

– Chega! Pára de repetir a mesma coisa feito matraca! E trate de explicar de que merda de crime você tá falando, pô.

Sem se dar conta da indignação que provocara, José ergueu ainda mais os originais aproximando-os do delegado, que girou bruscamente sua poltrona protegida por uma mesa circular.

– Crime de plágio, delegado. E agora estão querendo me matar. Tive que sair correndo de casa. Eles me plagiaram e agora querem me matar. Crime de plágio!

– Obras suas?! – gritou o delegado saltando da poltrona. – *A Metamorfose*?!

– Isso mesmo, delegado, eu...

Antes que José concluísse, o delegado agarrou-o pela nuca e o levou à força até a porta da delegacia.

– Fora daqui com suas obras e suas provas, antes que eu te prenda por desacato – gritou o delegado empurrando José escada abaixo. – Desacato à autoridade e desacato à inteligência.

Fora, maluco do caralho! Se te matarem, a humanidade não vai perder porra nenhuma. Vai ficar livre de um palhaço! Um filho da puta a menos para encher o saco. Plágio! Kafka! Puta que pariu!

José resvalou nas grades da escada esforçando-se para não cair e para evitar que os papéis se espalhassem na rua. Já na calçada, trêmulo e indignado, ficou algum tempo sem saber o que fazer até sair em direção à pensão. Porém, resolveu procurar outra delegacia, um delegado mais humano que o escutasse e o compreendesse. Mudou a trajetória e seguiu ruminando seus "canalhas" até a delegacia de Santa Cecília. "Será que esse delegado vai me ouvir, vai me compreender? E se for um deles, um cúmplice? Tenho que fazer um boletim de ocorrência. Tenho que impedir a consumação desse crime, da edição no nome de outro. Eles estão me plagiando. Copiaram minha obra e levaram para a editora. Eles têm que ser presos e as obras apreendidas. A justiça tem que pôr fim neste crime. Não posso deixar a editora desconfiar que eu descobri antes, senão..."

No corredor da delegacia, José quase mudou de idéia ao ver o delegado. De aspecto rude, em seus quase dois metros de altura, ele gritou para o auxiliar:

– Qual é o chato da vez?

– É um artista, um poeta ou escritor, sei lá – respondeu o auxiliar, esboçando um sorriso malicioso.

– Veio fazer estágio? – gritou o delegado. – Ou está procurando algum coleguinha comunista preso por subversão? Hein?

– Roubaram os originais do meu livro – explicou José, aproximando-se. – Me plagiaram. E sem boletim eu não posso fazer nada contra a editora. Eles simplesmente me esmagam se eu...

– Eu é que vou te esmagar se não sumir já da minha frente! Não tenho tempo pra perder. Caia fora! Não quero ver mais a tua cara. Pro teu bem. Porque hoje estou de bom humor. Caia fora! Vai! Vai! O próximo!

– Roubaram os meus originais, insistia José, enquanto o auxiliar do delegado o empurrava pra fora da sala. – Estão me plagiando – repetia já no corredor.

– Sabe onde é a igreja? – perguntou o funcionário enquanto acenava para uma mulher com o olho esquerdo inchado e coberto por um hematoma, que seria atendida a seguir.

– Qual igreja? – perguntou José, levando a sério a pergunta.

– Qualquer igreja que você quiser. Amanhã cedo corre lá e reclama pro padre, pro bispo, pro raio que o parta. E não me apereça mais aqui.

Mais frustrado e mais ofendido, José concluiu que nada mais restava a fazer senão voltar para a pensão. E ao pensar nos riscos que estava correndo o seu líder estudantil, saiu em passos rápidos para longe da delegacia. Ao chegar à rua da Consolação, continuou caminhando em direção ao Bar Redondo, próximo do Teatro de Arena, ponto de encontro de jornalistas, profissionais de cinema, teatro, escritores, poetas e músicos. O inesquecível endereço em que José perdera antes as provas de *Dom Quixote* numa noite de bebedeira, que acabou na sua segunda expulsão da pensão Estrela.

No início da avenida Ipiranga, José avistou uma coluna de fumaça que subia e estendendia-se na direção da rua

Maria Antônia, indicando o ponto de encontro dos artistas onde ele poderia compartilhar sua indignação com o plágio e denunciar a humilhação que sofrera nas delegacias. O vozerio e o alarido do tilintar de copos e talheres trouxeram-lhe um certo conforto. Pediu uma cerveja, sentou-se e deixou a pasta de originais debaixo do balcão circular completamente lotado. Ao embalo de risos e vozes, logo relaxou. À sua volta, lá estavam apinhadas dezenas de candidatos a imortais. Numerosos autores sem obras. Escritores, cineastas e dramaturgos que faziam intermináveis relatos, ricos em detalhes, de livros, peças e filmes ainda inexistentes para resistir à censura, suportar a repressão.

Depois da terceira cerveja, José sentiu-se integrante da confraria de gênios concentrados no bar. Ao seu lado um jovem dramaturgo começou uma declaração de resistência:

– É um ato de resistência, de luta, ao menos contar e cantar para os amigos, para os companheiros, tudo o que querem nos proibir de escrever e cantar. É a única saída para não enlouquecer, para impedir que eles matem as nossas mentes e a nossa imaginação. Vamos lapidando as obras na mente, no boca a boca e protegendo das garras desse monstro de mil patas. Vamos resistindo, porque isso aí vai acabar um dia. E nós vamos continuar, nós temos que continuar. Nós vamos continuar. A nossa arte vai continuar. A arte vai triunfar porque ela é imortal e os censores são imorais, os carrascos logo estarão mortos e esquecidos como ratos e baratas. Apenas as vítimas vão se lembrar de seus carrascos para amaldiçoá-los, denunciá-los. Nós vamos denunciar os carrascos, com a nossa arte.

Estimulado pelo desabafo do vizinho, José ensaiou uma intervenção, pigarreou várias vezes, olhou ao redor e pensou até em levantar-se para falar de pé e ser ouvido por todos. Que glória anunciar o *Livro de José* a todos aqueles artistas! E, também urgente, denunciar o plágio e a humilhação que sofreu com os delegados que não quiseram ouvi-lo. Mas não teve tempo. A confusa massa de vozes foi suplantada pelos gritos agudos e pelo choro de uma repórter que entrou correndo. "Filhos da puta! Filhos da puta!" Todos se calaram e se voltaram na direção da jovem, que atravessou a pequena multidão e encostou-se no balcão. Assustado, José preparou-se para correr.

— Calma, Clarice, calma — disse o jovem dramaturgo. — O incêndio foi chocante, mesmo. Ver gente morrendo sem poder fazer nada é uma merda. Nós vimos pela tevê as pessoas se jogando do alto do prédio. E você tendo que ver e escrever sobre isso. Senta aqui comigo, senta, Clarice. Relaxe, Clarice.

— Relaxar como, pô? — gritou Clarice, costas apoiadas no balcão, com alguns fios de cabelo grudados no rosto pelas lágrimas. — Puta que pariu. Passei o dia inteiro respirando fumaça e cheirando carne queimada. O dia inteiro me fodendo, no meio de cadáveres, sem poder fazer nada. Entreguei a última matéria e quando saí do jornal estava tonta de fome, entrei no bar perto da Folha e nem vi que tinha meia dúzia de meganhas cada um com um cachorro fechando a saída do bar. Entrei, sentei, pedi um sanduíche. Quando dei a primeira mordida na merda do sanduíche, senti um bafo quente e fedido bem na minha cara, do lado direito.

Bem aqui, bem perto. Era como se tivesse alguém sentado do meu lado arrotando na minha cara. Quando eu virei, era um filho da puta de um cão fila, com as patas dianteiras em cima do balcão, a língua de fora, colado na minha cara! Soprando aquele bafo fedido e a língua pingando no balcão. Porra e eu ainda com cheiro de fumaça e de carne queimada no nariz. Puta que pariu! Era a primeira mordida na porra do sanduíche. A primeira comida que eu ia engolir o dia inteiro. Aquilo inchou na minha boca e eu vomitei dentro do prato. Vomitei dentro do prato. A primeira comida do dia, ao lado daquela besta arrotando na minha cara. Só porque os filhos da puta estavam atrás de mais uma vítima, mais alguém que cismaram estar contra a ditadura. Algum esfomeado como eu que eles cismaram estar naquela espelunca. E eu com aquele bafo podre da ditadura na minha cara.

– Abaixo a ditadura, viva Clarice! – gritou o dramaturgo.

– Abaixo a ditadura, viva Clarice! – responderam todos, em coro, assustando ainda mais José, que se esgueirara até a saída enquanto escutava a repórter, esquecendo *A Metamorfose* debaixo do mesmo balcão em que deixara os originais de *Dom Quixote*. Quando todos começaram a cantar *Para não dizer que não falei das flores*, de Geraldo Vandré, em solidariedade à jornalista, ele pensou nos riscos da clandestinidade e disparou em direção à praça da República. Ao passar pela esquina da avenida Ipiranga com a São Luís, imaginou Beatriz viajando na rota marcada no mapa. E sentiu-se protegido ao lembrar-se dos gritos de Aloísio. "Confie só na Beatriz. Não confie em mais ninguém. Só na Beatriz."

José chegou à pensão quando a maioria dos moradores saía para o trabalho. Deitou-se resmungando impropérios contra Kafka sem dar falta das provas dos livros que deixara no bar. "Canalhas. Ladrões. Plagiários. Canalhas. Mas plágio como, seu idiota, se *A Metamorfose* foi publicada a primeira vez em 1915? Ah! Não interessa. Foi plágio por antecipação. Plágio antecipado. Cadeia neles. Ladrões. Filhos da puta." Logo se esqueceu de Kafka, dos delegados, do Bar Redondo, do discurso do jovem dramaturgo contra a censura, do cachorro fungando no sanduíche da repórter. E sonhou com a chegada de Beatriz.

Na tarde do dia seguinte José correu ao Bar Redondo em busca dos originais de *A Metamorfose*. Mas como acontecera com *Dom Quixote*, a caçamba da limpeza já os levara com o lixo da manhã. Ficou ainda mais furioso com Kafka, não apenas pelo plágio, mas porque o sumiço do material faria com que perdesse definitivamente a confiança da editora. E, como imaginava, por mais que insistisse não recebeu o pagamento da revisão de dois livros didáticos nem conseguiu novas provas para revisar. Foi então obrigado a procurar outras editoras e esperar a boa vontade do indignado gerente editorial para receber pelos serviços feitos antes da última bebedeira. Ou seria posto para fora da pensão Estrela pela terceira vez.

Ao fim de uma semana de peregrinação por várias editoras, José voltou à pensão com as provas de três novos livros de literatura para revisar. E antes de iniciar o trabalho, olhou o mapa na parede e demorou-se imaginando onde estaria Beatriz. E espetou mais um alfinete num ponto da rodovia mais próximo de São Paulo.

22. Enfim, Beatriz

Mesmo perturbado por alucinações cada vez mais frequentes, José não ignorava o real perigo de ser expulso de novo da pensão Estrela. E, sem deixar o isolamento, reordenou suas prioridades, elegendo três tarefas como essenciais: primeiro, a revisão de uma certa quantidade de páginas por dia; em seguida, ao menos uma hora dedicada ao *Livro de José*; e, por último, cuidar da recepção a Beatriz. Assim, incluiu na sua rotina visitas à estação rodoviária nas noites de domingo para esperá-la, depois de superar dúvidas sobre ser ou não ser um disparate procurar alguém que nunca tinha visto, nem mesmo em fotografia. Mas na primeira tentativa concluiu ser impossível encontrar um rosto desconhecido na multidão, alguém cuja referência não passava de um vago alerta de Aloisio: "Só confie na Beatriz. Só entregue pra Beatriz."

Sem desistir nem refletir sobre o absurdo de suas buscas, José resolveu criar sua Beatriz, dar-lhe existência mesmo que ideal. Afinal, não seria problema conceber mais uma criatura, outra personagem fictícia. Seria apenas uma fábula a mais. Logo fez emergir na sua tela mental uma morena de longos cabelos pretos, lábios bem delineados, sorriso franco, olhos amendoados, cílios luminosos. O conjunto? Uma silhueta robusta mas delicada, leve. Nem teve que se esforçar para ouvir/advinhar a voz de sua criatura. "Pronto. Agora é ficar atento." E continuou espetando alfinetes no seu mapa para sua Beatriz vencer distâncias, cruzar fronteiras, cada vez mais próxima. E mais bela. Ora com roupas coloridas, ora com vaporosos vestidos brancos. A cada alfinete afixado, sentia-se mais confiante, pressentindo que logo Beatriz surgiria entre os passageiros de Soledade. Após demoradas vigílias diante do mapa, deitava ou sentava-se à sua mesa de trabalho, fechava os olhos e assim permanecia por horas, desenhando e redesenhando mentalmente a imagem de sua criatura, até passar à fase de esboços reais a lápis. Detalhes do rosto e imagens de corpo inteiro saíam da imaginação para o papel e acabavam no lixo. Finalmente, ela nasceu da penumbra e de traços tortuosos numa exaustiva noite de insônia. "É ela! Beatriz! Beatriz!" Acabava de ganhar corpo, ao menos no papel, o ente abstrato que flutuara tanto tempo na imaginação, sustentado por meras palavras de Aloísio. Sentia de maneira ainda mais intensa que o encontro com sua criatura seria o passaporte para a volta ao real. Enfim, o antídoto para um mal quase crônico, que o resgataria das garras de todos os Josés – do Zé ninguém ao líder estudantil, passando pelo doutor Oliveira. E no confuso processo de concepção daquela que no início era apenas um nome, Beatriz foi assumindo a dimensão de ente mítico, de entidade capaz de resgatá-lo dos labirintos da invisibilidade, aplacar-lhe a vontade de re-existir. Mas até quando esperá-la?

Com o passar das semanas, as frustradas tentativas de encontrar Beatriz nas noites de domingo levaram José a duvidar da sua estratégia. Não seria melhor procurá-la também em outros lugares – ruas, lojas, praças, cinemas, teatros e bares? À medida que se perdia em divagações, mais ansioso ficava, não apenas para encontrá-la, vê-la surgir da multidão das ruas ou das sombras de becos desertos, mas sobretudo – ou exclusivamente – para ser visto por ela, tornar-se visível, vivo.

As emoções da espera acabaram convertendo-se em nova tortura. Até que a idéixa fixa levou José a buscar Beatriz em todas e cada uma das mulheres por onde fosse – morenas, negras, amarelas, loiras, jovens, adultas etc. Concluiu que, por algum mimetismo inexplicável, todas elas poderiam ser um disfarce de sua cobiçada musa. Acelerou então sua procura em três frentes: nas ruas, no mapa e... até nos sonhos. Os sonhos passaram a se repetir quase na mesma frequência com que a procurava pelas ruas e espetava alfinetes no mapa. E tanto nos sonhos quanto na imaginação ela ressurgia com a mesma fisionomia, a primeira imagem, e logo multiplicava-se em várias faces, os mais diferentes rostos. A loira de cabelos esvoaçantes no conversível vermelho, a negra iluminada pelos reflexos do sol nas escadarias da Sé, a trapezista de um circo de Moscou ou a dançarina de flamenco do último filme de Carlos Saura. Até a prima Rita entrou na dança. Mas foi rapidamente descartada.

Numa incerta noite de domingo, José chegou apressado à rodoviária e, assim que o ônibus de Soledade estacionou, ele avistou deslumbrado sua Beatriz entre os passageiros – os mesmos cabelos, olhos e lábios. "Olha ela lá." Aproximou-se ainda mais da plataforma de desembarque, admirado. "É ela, é ela." Parou diante da jovem para que ela o visse, o reconhecesse. "Não vai me reconhecer? Não é possível. Tanto tempo esperando." Impaciente, resolveu obstruir-lhe a passagem assim que ela pegou a mala. Sem percebê-lo, ela desviou o olhar para a bolsa a tiracolo e forçou a passagem quase esbarrando nele, que se desviou incrédulo. E com cautela seguiu-a à distância, subindo e descendo escadas. Ao vê-la entrar na fila de táxi, aproximou-se apressado, mas um casal parou à sua frente, bloqueando a passagem. "Se eu não pegar o primeiro táxi depois dela, vai desaparecer e..." E realmente desapareceu, impedindo-o de segui-la até o destino final. Voltou então para a pensão indignado com a indiferença de sua Beatriz. Indignado e... mais invisível.

Magoado por ter sido ingnorado, decidiu não sair de casa, refugiando-se durante semanas no trabalho, que se estendia até a madrugada. Não se conformava com a reação de sua Beatriz, que o mantivera invisível. Mais de um mês depois da grande decepção, quis retomar as buscas na rodoviária, como se aquela passageira pudesse desembarcar de novo ou reaparecer para embarcar de volta a Soledade. Mas logo desistiu, decidido a pôr em prática a estratégia que já usara, buscando e/ou interpelando nas ruas quem pronunciasse o seu nome – Zé ou José.

A mudança de estratégia acabou em outro fracasso. Ao fim de frustradas incursões, José apelou para o jogo de olhar fixo para todas as mulheres que passassem por ele, repetindo mentalmente as mesmas palavras. "Vai olhar, vai olhar. Olhe aqui, Beatriz. Você não está me vendo?" E tanto nas ruas movimentadas quanto em locais ermos o resultado foi o mesmo: nenhuma mulher o notou. Mas se alguma delas se voltasse na sua direção, ele se reanimava com seu jogo. "Vamos, uma vez só. Isso, aqui. Nos meus olhos." Eram tardes e noites de andanças sem destino. E sem sucesso. "Aquela morena de azul. Vem, vem, vai olhar. Olhe, aqui, Beatriz. Atenção, aqui à sua esquerda. Ah! Passou. E aquela loirinha apressada, de olhos azuis. Aqui, loirinha. Estou aqui, bem na sua frente. Caramba! O que será que tinha na cabeça, que quase me atropelou? Que negra maravilhosa. Olhe, aqui. Aqui. Ah! Apressadinha." De volta à pensão, estimava quantas mulheres haviam passado por ele desviando o olhar ou haviam lançado olhares casuais na sua direção, mas sem perceber sua presença. "Não é possível. Ninguém. Nenhuma delas. Tenho que mudar a estratégia."

Certa manhã, ao sair do metrô da Sé, já cansado de tanto observar e às vezes seguir mulheres pelas ruas, José surpreendeu-se com uma morena com as mesmas características da sua Beatriz. E seguiu-a excitado pelas ruas centrais, atravessou o viaduto do Chá e a praça da República. No largo do Arouche, viu-a entrar numa floricultura e ficou observando à distância. Como ela demorava a sair, chegou até a porta da floricultura. "Qualquer coisa, eu compro uma flor e pronto. Ninguém vai desconfiar." Avistou a moça de perfil a um canto, cortando folhagens, aparando ramos e preparando coroas de flores. Com medo de ser notado, tentou retroceder. Mas ao perceber um vendedor vigiando-o com insistência, disfarçou escolhendo um buquê de flores do campo e continuou a olhar sua eleita agora manipulando botões de rosa vermelha.

"Mas não vai me olhar? Não vai me ver?" Desapontado, pagou e saiu depressa sem saber aonde ir nem o que fazer com as flores. Parou por instantes e contornou a floricultura, na esperança de colher ao menos um olhar. "Ao menos uma vez. Vamos. Olhe pra cá, Beatriz." E saiu a passos lentos, em direção à praça da República. "Não quis me olhar, mas descobri o horário que ela entra na floricultura. Se entrou perto das duas horas, com certeza sai à noite. Se não foi hoje, vai ser amanhã ou depois. Ela tem que me olhar e me reconhecer." E tão absorto andava pela praça, que nem percebeu policiais da cavalaria perseguindo manifestantes vindos da rua Sete de Abril. Ao tentar se proteger, tropeçou na divisória de uma jardineira e caiu perto de um chafariz. Escondeu-se a tempo de ver suas flores do campo serem esmagadas pelos cascos de um cavalo baio. "Se me descobrirem..." Agarrado à estatueta bochechuda de um anjo do chafariz, esperou que perseguidos e perseguidores passassem em direção à floricultura antes de correr para a pensão.

No dia seguinte, antes mesmo de trabalhar na revisão e de escrever alguns trechos do seu *Livro de José*, foi até o largo do Arouche ver a florista chegar, ou melhor, foi tentar outra vez ser visto por sua Beatriz. Posicionou-se estrategicamente a poucos metros da entrada da floricultura. E esperou, atento, as mulheres que surgiam na rua do Arouche. Ao avistá-la de longe, estremeceu. "Ela. Ela." Mas, decidida e compenetrada, passou por José sem vê-lo, como se ele não existisse. Sequer olhou em sua direção, como se ninguém estivesse ali, postado bem na entrada. Atônito, permaneceu imóvel, enquanto a florista pôs as luvas e começou a agitar flores e aparar ramos. Por instantes contemplou-a, embevecido. Ao voltar daquele transe, apressou-se em desaparecer, tornar-se realmente invisível – ao olhar atento dos balconistas.

A indiferença da florista não fez José desistir. Ao contrário, ele passou a investigar atentamente os hábitos e horários de sua nova Beatriz, numa perseguição incansável, porém sem abordá-la nem falar com ela. Nada de precipitações que pudessem assustá-la e pôr tudo a perder. Nos primeiros dias passou a segui-la sem deixar que ela o visse. Depois, então, por acaso, pensava, num lance natural ela iria percebê-lo, dando-lhe o atestado de existência, de visibilidade.

Assim, dia após dia, José esperava sua Beatriz sair da floricultura e a seguia com cautela, a uma distância de não menos de quatro metros. Quando ela estava para desaparecer, ele se apressava até aproximar-se o suficiente para vê-la sem ser visto. E se alguém ou algum obstáculo a fizesse parar, ele também detinha os passos. No fim da tarde de uma sexta-feira de garoa, finalmente aconteceu o que ele tanto desejava. Ao sair da floricultura, ela desferiu-lhe um olhar com seus olhos negros e amendoados que o imobilizou de pé na calçada. O espanto foi tal que ele não a acompanhou, limitando-se a vê-la desaparecer na primeira esquina. Ao refazer-se da surpresa, atravessou a rua quase correndo disposto a não perdê-la e continuou seguindo-a de longe porque a cidade estava quase deserta e qualquer vacilação poderia ser fatal. Mas José vacilou: na esquina da rua do Arouche com a praça da República, distraiu-se com um semáforo e acabou esbarrando na sua eleita, que o reconheceu, identificando-o como o estranho cliente que havia semanas a observava de soslaio a rondar a floricultura em atitude suspeita. Assustada, soltou um grito e correu. Ele também correu. Assim que ela parou e virou-se apavorada, ele agitou a mão direita e gritou:

– Não corra, não tenha medo. Eu só quero...

Antes que ele terminasse, a florista soltou outro grito e deu um passo para atravessar a pista, mas o salto de seu sapato ficou preso numa fenda do asfalto. Sem equilíbrio, ela caiu e foi atropelada por um fusquinha vermelho que a lançou de volta à calçada. Aturdido, José observou o corpo rolar à sua frente, atraindo algumas pessoas que se aproximaram para prestar socorro. Ela parou de braços abertos, inconsciente, com o rosto coberto pelos cabelos compridos. Logo a voz da avó ecoou acima dos ruídos e das vozes da pequena multidão. "Vai lá, dotô Olivera. Vai lá i sarva a moça. Sarva ela, dotô Olivera." José apavorou-se, sem saber se corria ou se ajudava a socorrer a florista. "E se descobrirem que fui eu? Será que morreu?" Ao chegar uma ambulância, ele disparou para a rua Abolição, onde chegou esbaforido e trancou-se no quarto, ainda perturbado com a expressão de pavor da mulher. E por horas ficou deitado olhando a fechadura, à espera de que a polícia arrombasse a porta para prendê-lo. Era o líder estudantil ressurgindo com os antigos temores, agora acompanhados da culpa pela possível morte da florista. "Agora eles me descobriram. Dessa vez não escapo. Subversão e assassinato."

A agitação tirou-lhe o apetite. Não quis jantar. Foi para a cama mais cedo como se procurasse um colo. Até dormir, permaneceu imóvel, com uma das pontas do lençol entre os dentes. Agitou-se com pesadelos em que jogava a florista debaixo do carro e dava risadas enquanto o corpo rolava coberto de sangue. Acordou de madrugada assustado com o grito e o olhar de pavor da florista. "Será que ela morreu? E agora? De manhã eles estarão aqui. Se for preso, o Deops vai me descobrir."

De manhã, José levantou-se ainda atordoado com a expressão de pavor da florista. Ao cumprimentar outros pensionistas teve certeza de que todos o recriminavam disfarçadamente, desejando-lhe bom dia mas pensando "Assassino! Covarde!" De novo o medo da prisão por homicídio e o temor de interrogatórios por subversão. Tentou trabalhar mas não conseguiu revisar uma só página das provas de um livro técnico. Decidiu voltar ao largo do Arouche com a desculpa de comprar rosas a fim de saber detalhes do atropelamento, ouvir algum comentário dos vendedores sobre a florista. Mas desistiu a poucos passos da floricultra, com medo de ser preso. De volta à pensão, passou horas diante do caderno sem escrever nenhuma palavra do seu *Livro de José*. E resolveu encontrar outra pensão ou alugar uma quitinete para mudar de endereço o mais rápido possível. "Dessa eu não escapo. Se não cair fora logo eles me pegam."

23. Fugindo da Estrela

O medo da prisão tornou insuportável a permanência de José na pensão Estrela. Bastava um ruído diferente ou uma voz vinda da rua que ele prendia a respiração, imóvel no quarto, à espera de que arrombassem a porta. E por onde fosse, temia ser preso e interrogado. Sempre desconfiado, aboliu caminhadas noturnas e reduziu visitas à editora para devolver e retirar originais de livros. Em meia hora, o ônibus percorria o curto itinerário do início da avenida 9 de Julho até a avenida São Gabriel, onde ele saltava e caminhava três ou quatro quarteirões até a sede da editora, cada dia mais cismado. As cismas o levaram a variar até os caminhos em viagens de mais de duas horas. Ele tomou essa decisão numa tarde nublada, assim que se aproximou do ponto de ônibus e percebeu que estava sendo seguido por um homem de terno escuro e cabelo curto, que julgou ser agente do Deops. Depois de simular que embarcaria para o centro, entrou às pressas num ônibus para bairro de Santo Amaro. De longe, ainda avistou o homem olhando na sua direção. Antes do ponto final, desembarcou e tomou outro ônibus em sentido contrário, rumo à praça da Sé. Ao passar de volta, não havia ninguém no ponto.

A cautela inicial de variar o percurso acabou tornando-se uma rotina. Numa de suas viagens, ao desembarcar na praça do Patriarca com provas de três livros, disparou pela galeria Prestes Maia certo de que seria apanhado por agentes policiais infiltrados entre os passageiros. Saiu esbaforido pela praça da Bandeira e em poucos minutos entrou correndo na pensão. Trancou-se no quarto, jogou as provas dos livros na mesinha e ficou longo tempo com o ouvido colado à fechadura, tentando escutar o ruído dos passos e a voz dos policiais. Assim que se considerou fora de perigo, abriu a gaveta e retirou o recorte de jornal com o anúncio de aluguel de uma quitinete que visitara na véspera com a promessa de voltar em três dias. "Se ficar aqui eles me pegam. Na próxima vez não escapo."

Em menos de uma semana, José alugou um minúsculo apartamento, com móveis velhos, entre a rodoviária e a estação da Luz. E retirou da pensão às escondidas roupas e outros objetos, a começar pelo mapa com o roteiro de Beatriz. "Ninguém pode saber meu novo endereço." Antes de sair verificou se havia posto numa sacola o caderno do *Livro de José*. Teve um momento de vacilação por estar deixando sua primeira casa em São Paulo. Mudar ou ficar na pensão? O que seria mais seguro? E se no apartamento fosse mais arriscado, estivesse mais exposto a perigos? Escreveu um bilhete telegráfico a Rita com o novo endereço. "Por segurança, comunique-se comigo só em casos extremos. Logo irei a Mirante." Colocou o recado no envelope e voltou-se para a parede. Observou a marca do mapa, conferindo o labirinto desenhado pelo mofo, bem maior que na época de sua mudança do quarto de Adão.

E surpreendeu-se com os traços do rosto da mãe nas manchas menores. Ao fechar e abrir os olhos, viu aquelas formas oscilarem e ganhar vida entre as manchas de mofo... até se transformar nos olhos negros de Rita. Mas cegos, mortiços. E o sorriso da prima logo brilhou, flutuando no labirinto bolorento da parede. "A Rita, meu Deus. A Rita cega. Eu ceguei a Rita, meu Deus. Aquela tarde no terreiro da Curva do Cipó. O sol, o fundo de garrafa, a brincadeira de médico e paciente." Retirou o bilhete do envelope e o rasgou. Em seguida escreveu um apelo confuso à prima. "Minha querida prima, mesmo sabendo que você jamais poderá ler este desabafo, por minha culpa, chegou a hora de pedir perdão pelo mal que te fiz. Estou mudando, não só de endereço. A polícia política está fechando o cerco. A mudança de endereço não é uma solução, apenas adia minha prisão. Aquela foto na república selou a minha sorte só porque pareço com um líder estudantil procurado pela polícia. Mas chegou a hora. Talvez eu não viva mais para pedir perdão pelo mal que te fiz... ter jogado você na escuridão ainda criança, por uma brincadeira estúpida. Por uma molecagem só para agradar minha avó como futuro doutor Oliveira. Mostrar pra ela que eu seria o doutor Oliveira. Quando eu te deitei na pedra da casa da avó e pus o fundo de garrafa na frente dos seus olhos naquele sol do meio-dia eu estava cometendo um crime. Um crime, querida prima, que eu peço perdão, mil vezes perdão. Joguei você nas trevas, na escuridão. Por pura molecagem. Uma molecagem que custou a luz da sua vida para sempre. Me perdoe, Rita. Adeus, prima. Ah! Aí vai o meu novo endereço. Só me escrevam em último caso, em situação de emergência. Ninguém mais pode saber. Bjs. É a minha vida que está em jogo. E também de todos vocês de Mirante da Serra e da Curva do Cipó. bjs."

A excitação mental e a pressa de sair da Estrela deram origem àquela história absurda, pois durante três anos José enviara a Rita dezenas de cartas com suas fábulas acadêmicas e dela recebera outras tantas cartas com suas mesadas.

José contemplou pela última vez os olhos de Rita nas manchas da parede e saiu sem ser notado por nenhum pensionista.

24. Por que, Zé?

Numa sufocante tarde de verão, semanas depois de mudar-se da pensão, José cochilava na penumbra de sua quitinete, no décimo andar do Edifício Imperial, ainda sob os efeitos das últimas frases que acabara de escrever no seu *Livro de José*, quando soou a campainha. "Pronto! Me descobriram. E agora? Será que a florista morreu? Ou a polícia descobriu minhas cartas pra Rita? Ou foi a caixa do Aloísio no porão da república?" Ao segundo toque, ele saltou do velho sofá, arrancou da parede o mapa da "Rota de Beatriz" e o jogou pela janela. O plástico colorido flutuou como pássaro gigante. Em seguida, voltou-se para a porta com medo de que a arrombassem. "Será que a Rita me denunciou por vingança? Ninguém mais sabia o meu endereço." Correu ao banheiro, como se procurasse proteção, uma saída. Trêmulo e ofegante, parou diante da pia, mas não viu nada no espelho. Não enxergou a própria imagem – trêmula, cabelos despenteados, olheiras, rosto pálido. Campainha. Outro sobressalto. Virou-se na direção da porta e depois para o espelho à procura de sua imagem. Fixou o olhar com insistência, mas nada. Estremeceu. Deu um passo, curvou-se quase encostando a boca no espelho e soprou com força. Mas nada, nenhuma marca na superfície vazia.

"Maldito Griffin." Outro toque da campainha. "Pronto! São eles mesmo." Imaginou o corredor tomado por policiais prontos para arrombar a porta e invadir o apartamento. "Você está preso, doutor Oliveira de merda. Achou que ia matar uma mulher indefesa e ficar livre? E os planos subversivos no porão da república?" Lembrou-se de Mariana. Pensou em Aloísio. "Só confie na Beatriz." Olhou outra vez para o espelho. E nada. "Ninguém vai me pegar." Correu para a sala enquanto Rita gritava o seu nome e apertava a campainha sem parar.

Pelo olho mágico da porta da sala, José não acreditou no que viu no corredor: o brilho enigmático dos olhos cegos de Rita iluminando-lhe o sorriso. Um olhar que desde o seu último dia na pensão surgia e logo sumia, como se a fantasiosa crueldade de cegá-la fosse um crime da véspera. E, fundindo-se à culpa pela morte de Beatriz, o remorso pela cegueira da prima estendia-se por todo o seu passado como castigo por promessas não cumpridas. Agora, o símbolo de todos os remorsos e temores estava a seu alcance, logo ali. Poderia, afinal, livrar-se de todas as dívidas e tormentos. Bastaria um simples gesto, o giro da chave na fechadura, e a prima entraria e poria fim àquela tortura com um perdão libertador, definitivo. De tudo e de todos. Porém, ele permaneceu imóvel com o braço direito apoiado na porta para melhor observar a prima pelo olho mágico. "Mas ela não está sozinha. Esses homens de terno preto... Então não é a florista que morreu. São os homens do Deops. Eles pegaram as cartas." Virou-se e apoiou com força as costas contra a porta. Rita não parava de tocar a campainha e gritar seu nome. E agora? Resistir? Ou entregar-se e morrer na prisão? Correu até a janela decidido a saltar, mas parou com as mãos já apoiadas no parapeito. Olhou lá embaixo o mapa da rota de Beatriz agitado pelo vento, preso a um poste como pássaro debatendo-se numa armadilha.

Sem ouvir os insistentes apelos de Rita, José manteve as mãos no parapeito e os olhos no mapa que esvoaçava, atormentado por um fluxo vertiginoso de pensamentos. Curva do Cipó, Mirante da Serra, Stupindainácia. Pensão Estrela. Vozes, rostos. Vultos, fantasmas. Frases de histórias de enganar a fome, ameaças da avó, escuridão do porão da república. Marília. O desespero da repórter vomitando no prato de sanduíche, a humilhação nas delegacias. O plágio de Kafka. Carlitos na sala dos espelhos. Totó e a gralha falante. Cheiro de sangue nos lençóis. Griffin, o invisível. O grito de pavor da florista e o corpo rolando na calçada. "Só confie na Beatriz! Só na Beatriz!"

Por sugestão do zelador, que fora atraído por seus gritos, Rita continuou pressionando a campainha com insistência.

– Zé, abre a porta! Vamos lá, primo.

Nenhuma resposta.

Ao ouvir barulho de móveis arrastados, Rita esmurrou a porta.

– Eu sei que você está aí, seu brincalhão. Não conhece mais a prima só porque agora é o doutor Oliveira? Abre logo, Zé. Vamos.

Silêncio. Por instantes Rita escutou apenas a própria respiração enquanto José chegava mais perto da porta para espiar pelo olho mágico. "Os olhos dela não podiam estar tão pretos assim. Impossível. E as manchas claras da cegueira?"

Rita girou a maçaneta e esmurrou a porta com tal força que José começou a fazer perguntas a esmo para distraí-la, temendo que ela entrasse com os agentes.

— Como você veio parar aqui, Rita? De onde você veio? Quem está com você?

— Ninguém, Zé, ninguém — respondeu Rita, fingindo calma e acenando ao zelador para não abrir ainda a porta com a chave reserva.

— Como ninguém?

— Por que tinha que estar com alguém?

— Ora, Rita, claro que é pra te guiar.

— Sou caipira, mas tenho teu endereço e boca pra perguntar.

— Não é isso. Os teus olhos...

— Estão no lugar de sempre, Zé. Abaixo da testa e acima da boca.

— Não finge de boba, você sabe o que estou falando.

— Está falando que não gosta mais da tua prima e vai me deixar aqui fora.

— Não me faz de bobo. A tua visão, Rita...

— O que tem a minha visão?

— A cegueira, Rita! — gritou José. — A tua cegueira, que eu...

— Você não perde a mania de brincar, primo. Já vem com brincadeira de novo, Zé. Acha que tá contando história pra criança da Curva do Cipó? A carta pedindo perdão pela minha cegueira foi uma piada, Zé. Uma história maluca. Depois do avião que caiu no mato, vem você com essa piada de cegueira.

— Que piada, Rita?! — gritou José. — As tuas retinas, que eu queimei com fundo de garrafa no sol.

Sem saber o que responder, Rita cantarolou com voz infantil um refrão antigo das crianças da Curva do Cipó, sem pensar que poderia deixar José ainda mais nervoso, por lembrá-lo dos pães de Mamude e da mãe.

– Viva! Hoje tem pão! Hoje tem pão! Não tem bicho na escuridão.

Ao escutar a cantiga, José descontrolou-se e correu de novo até a janela. Apoiado no parapeito, olhou para baixo disposto a saltar assim que a porta se abrisse.

– Zé, você está misturando tudo. Nunca tive nada na vista. Como é que ia ler tuas cartas? Pára de brincar e abre logo esta porta.

– Não interessa, Rita. Por que você me traiu e trouxe a polícia? O endereço era só pra você, Rita.

– Não tem ninguém comigo, Zé. Que polícia, Zé? Não dei endereço pra ninguém. Vamos, abre.

José nada mais respondeu. Aflita com o silêncio prolongado, Rita gritou ainda mais alto:

– Zé, por favor, fala comigo! Responde, Zé! Deixa de brincadeira e abre esta porta.

Nenhuma resposta. Rita parou de bater e colou o rosto na porta. O zelador aproximou a chave da fechadura, mas ela o conteve tentando adivinhar os movimentos do primo dentro do apartamento. Como não escutou nenhum ruído, fez sinal para que ele abrisse a porta. Entraram. Ninguém. Ela desesperou-se ao ver a cortina esvoaçando na janela aberta.

– Não, Zé! – gritou Rita, tentando aproximar-se da janela, mas foi contida pelo zelador que se antecipou e parou na sua frente, evitando que ela visse o corpo do primo estendido na rua.

– Calma, moça, a senhora...

– Ai, meu Deus, a culpa é minha. Ele assustou comigo no olho mágico. Eu sou a culpada.

– A senhora não tem culpa – disse o zelador, afastando-a da janela. – Ele não podia ver a senhora. O antigo morador pregou uma medalha no olho mágico. Pode olhar. Não tem vidro, não dá pra ver nada. Ele tampou falando que tinha um alemão do lado de fora espiando ele. Pode ver. Chega aqui e olha.

– É culpa minha, sim – repetiu Rita chorando e encostando o rosto no olho mágico vedado por uma medalha enferrujada da Força Expedicionária Brasileira, pregada por um veterano da Segunda Guerra. – É... mas o que ele estava olhando, então? Ele viu os meus olhos.

– Pelo olho mágico impossível – continuou o zelador, prolongando a conversa para manter Rita longe da janela. – A senhora mesma viu que não dá pra enxergar nada.

– Ai, meu Deus! O Zé, meu Deus! – murmurou Rita, virando-se para a porta do banheiro – Não é possível. Ele tem que estar aqui em algum lugar! Ele não pulou! Ele não pulou!

– E sem conter o choro começou a vasculhar a quitinete seguida pelo zelador. Primeiro, afastou da parede o velho sofá. E ao puxar com força a porta do guarda roupa viu cair no chão um caderno que ela começou a examinar. Na primeira página leu *O Livro de José*, em grandes letras maiúsculas. E folheando o caderno agitada foi ao trecho final:

"*Porque eu não sou nada, nada. Não sou nem mesmo Zé ninguém. Sou ninguém ninguém ninguém. Se cruzar comigo na rua, olhe só pra esse ninguém. Tente. Tente enxergar esse Zé Ninguém. Vamos veja se é capaz. Pois nem eu enxergo esse ninguém. Ninguém ninguém ninguém. Nem o espelho. Tudo é uma grande mentira! Um espelho vazio.*"

Rita só despertou de sua perplexidade ao escutar a sirene da ambulância que chegou para recolher o corpo do primo. Aos gritos, correu até a janela:

– Zé! Por que, Zé? Por que você fez isto, Zé? Por quê?

Zé foi sepultado em Mirante da Serra como doutor José Oliveira da Silva.

Impressão e Acabamento | Gráfica Viena
Todo papel desta obra possui certificação FSC® do fabricante.
Produzido conforme melhores práticas de gestão ambiental (ISO 14001)
www.graficaviena.com.br